Por más de cuarenta años,
Yearling ha sido líder
en literatura clásica y libros galardonados
para lectores jóvenes.

Los libros Yearling presentan
a los escritores y personajes favoritos de los niños,
ofreciendo cuentos dinámicos de aventura,
humor, historia, misterio y fantasía.

Confíe en los libros Yearling para entretener,
inspirar y promover la pasión por la lectura
en todos los niños.

JULIA ALVAREZ

CUANDO TÍA LOLA VINO ~~DE VISITA~~ A QUEDARSE

Traducido del Inglés por
Liliana Valenzuela

A YEARLING BOOK

Published by Yearling, an imprint of Random House Children's Books
a division of Random House, Inc., New York

Visit us on the Web! www.randomhouse.com/kids

Educators and librarians, for a variety of teaching tools, visit us at
www.randomhouse.com/teachers

ISBN: 0-375-81552-X (pbk.)
ISBN: 0-375-91552-4 (GLB)

Reprinted by arrangement with Alfred A. Knopf Books for Young Readers

Printed in the United States of America

June 2004

10 9 8 7 6 5

Contenido

Capítulo uno

Tía Lola viene de visita

—¿Por qué mejor no le decimos sencillamente *Aunt* Lola? —Miguel pregunta a mamá.

Mañana llega a visitarlos a su nueva casa en Vermont la tía de la República Dominicana. Esta noche están desempacando las últimas cajas con las cosas de la cocina antes de cenar.

—Porque no sabe inglés —explica mamá.

—En español, *Aunt* se dice tía, ¿verdad, mami? —pregunta Juanita. Cuando mamá les da la espalda, Juanita le sonríe a Miguel con un aire de sabelotodo.

Mamá mira con tristeza el plato hondo azul que acaba de desempacar.

—¿Te das cuenta, Miguel? —dice—. Si le dices *Aunt*, no va a saber que te estás dirigiendo a ella.

Qué importa, piensa Miguel, no tendré mucho que decirle excepto "¡Adiós!". Pero mejor se calla la boca. Sabe por qué mamá está mirando fijamente el

plato hondo azul y no quiere molestarla a medio recuerdo.

—O sea que, Miguel, por favor —le dice mamá—,
dile tía Lola y ya. ¿Okey?

Miguel asiente con la cabeza o quizá sólo se aparta el
pelo de los ojos con un movimiento brusco. Una de dos.

Es el último día de enero. Hace cuatro semanas, durante
las vacaciones de Navidad, se mudaron de la ciudad de
Nueva York a la casa de la finca que mami alquiló por teléfono de un corredor de fincas. Los padres de Miguel y
Juanita se están divorciando, y a mami la han contratado
como psicóloga de una universidad pequeña de Vermont.
Papi es un pintor que por las noches instala las decoracio-
nes de las vitrinas de los grandes almacenes de la ciudad.

Todas las mañanas, en lugar de ir andando a la escuela como solían hacer en Nueva York, Miguel y Juanita esperan la guagua escolar junto al buzón. Todavía
está oscuro cuando se montan en ella y van por el camino de tierra hacia el pueblo, pasando por la crianza de
ovejas de la finca vecina. También está oscuro cuando
vuelven al final del día y entran solos a la casa fría. A
mami no le parece bien que Miguel y Juanita estén solos
sin una persona adulta, y es sobre todo por eso que ha invitado a tía Lola a visitarlos.

¿No sería mejor pedirle a papi que se quedara con ellos?, a Miguel le gustaría sugerir. En realidad no comprende por qué sus padres no siguen casados, aunque no se lleven bien. Después de todo, él no se lleva muy bien que digamos con su hermana menor, pero mamá siempre dice, «¡Juanita es de tu familia, Miguel!» ¿Por qué no opina lo mismo de papi? Pero Miguel no se atreve a sugerirlo. Hoy día, mami llora por cualquier cosa. La primera vez que llegaron a esta vieja casa de paredes blancas y descascaradas, a mami se le aguaron los ojos.

—Parece que está embrujada —exclamó Juanita ahogando un grito.

—Parece un basurero —corrigió Miguel a su hermanita—. Ni Drácula viviría aquí—. Pero entonces, al ver la cara triste de mamá, agregó con rapidez—: ¡Así que no hay que tener miedo de los fantasmas, Nita!

Mamá sonrió a pesar de las lágrimas, agradeciéndole su comprensión. Después de vaciar y ordenar el contenido de algunas de las cajas, la familia se sienta a cenar. Cada uno ha escogido la lata que quiere llevar a la mesa: Juanita unos SpaghettiOs, mamá unas habichuelas rojas y Miguel una lata de papitas fritas Pringles.

—Sólo por esta noche, para acabar de instalarnos antes de que llegue tía Lola —dice mamá, para explicar esta cena tan rara.

De noche, llega tan tarde del trabajo que le queda

poco tiempo para vaciar las cajas de la mudanza y cocinar. Casi siempre han estado comiendo en el pueblo en el Restaurante Rudy's. El dueño, Rudy, un hombre amigable y de mejillas sonrosadas, les ha hecho una oferta especial.

—El «Vagón de Bienvenida» —lo llama—. Tres comidas por el precio de una y me enseñan un poco de español—. Pero incluso Miguel ya se hartó de comer pizza y *hot dogs* con papas fritas.

—Gracias por esta cena tan buena, mami —dice Juanita, como si mamá la hubiera cocinado y metido en las latas con las etiquetas de Goya y SpaghettiOs, para luego nada más recalentarla en el microondas. Juanita siempre ve el lado bueno de las cosas.

—¿Me das unas papas, Miguel? —le pregunta.

—Ésta es *mi* lata —le recuerda Miguel.

—Pero puedes compartirla —advierte mamá—. Hagan como que estamos en el restaurante chino y compartimos todos los platos.

—No somos chinos —dice Miguel—. Somos latinos.

En su nueva escuela, le ha dicho lo mismo a sus compañeros de clase. En Nueva York, había muchos muchachos parecidos a él. Algunos hasta pensaban que él y su mejor amigo, José, eran hermanos. Pero aquí en Vermont, su cabello negro y su piel canela llaman la atención. Se siente tan distinto a los demás. «¿Eres indio?» le preguntó un niño, intrigado. Otro le pregunta si su color se desvanece, como un bronceado. En tres semanas, no ha hecho un solo amigo.

—No dije que pretendan que fueran chinos —suspira mamá—, sólo que hicieran como si estuvieran en un restaurante chino . . . —dice, y de pronto parece que va a llorar.

Miguel le pasa bruscamente su lata de papitas a Juanita, lo que sea para evitar que su mamá se ponga a llorar otra vez. Ella se queda mirando el plato hondo como si hubiera olvidado que estaba allí, bajo su comida todo este tiempo. En ese plato azul, estuvo el bizcocho que la mamá y el papa de Miguel compartieron a cucharadas el día de su boda. Hay una foto de ese momento en el álbum blanco, en la caja marcada ÁLBUMES/ÁTICO, que mamá dice que puede que desempaque algún día más adelante en un futuro lejano tal vez.

Juanita también debe haber notado lo triste que está mami. Comienza a hacer preguntas sobre tía Lola porque mami se pone feliz al hablar de su tía favorita, de cuando estaban allá en la isla donde nació.

—¿Cuántos años tiene, mami?

—¿Quién?

—Tía Lola, mami, tía Lola que viene mañana —dice Juanita en español. Mami también se pone feliz siempre que sus hijos usan palabras en español. *Aunt* se dice «tía». *Tomorrow* es "mañana". ¿Es muy mayor?

—En realidad, nadie sabe cuántos años tiene tía Lola. Nunca lo dice —responde mamá. Sonríe de nuevo. Tiene una mirada lejana—. Es tan joven de espíritu que no importa. Va a ser muy divertido tenerla en casa.

—¿Está casada? —pregunta Juanita. Mami les ha dicho que tienen montones de primos en la isla, pero ¿hay entre ellos algunos hijos de tía Lola?

—Me temo que tía Lola nunca se casó —suspira mami—. Pero, mis hijos, háganme un favor. No se lo vayan a mencionar, ¿okey?

—¿Por qué no? —Juanita quiere saber.

—Es un tema delicado —explica mamá.

Juanita pone cara de «no-entiendo-ese-problema-de-matemáticas».

—¿Pero por qué no se casó?

Miguel toma la palabra antes de que mamá pueda responder. No sabe cómo le vino a la mente esta idea, pero de pronto sale de su boca sin que pueda detenerla.

—No se casó para no tener que divorciarse nunca.

Mami trata de contener las lágrimas. Se levanta rápidamente y sale del cuarto.

Miguel examina la foto de las habichuelas en la lata que mamá escogió para la cena. Una pequeña habichuela lleva puesto un sombrero mexicano.

—¡Hiciste llorar a mami! —dice Juanita antes de ponerse a llorar también y salir del cuarto siguiendo los pasos de su mamá.

Miguel está solo en esa cocina, en medio de corrientes de aire, con la mesa que recoger y todos los platos sucios que lavar. Mientras lava en el fregadero, mira por la ventana el mundo helado de afuera. Arriba en el cielo, la luna es apenas una fina tajada de plata. Parece como si alguien se hubiera tragado casi toda la luna y hubiera dejado sólo este rayito de luz para que Miguel pueda ver.

Por primera vez desde que supo que vendría, se alegra de que mañana llegue su tía. Será agradable tener a una cuarta persona —que todavía le hable— en casa, aunque se llame tía Lola.

A la mañana siguiente, en el aeropuerto, la mamá de Miguel no encuentra dónde estacionarse.

—Entren muchachos, no vaya a ser que no la veamos. Los alcanzo tan pronto como encuentre un espacio.

—Yo te ayudo —ofrece Miguel.

—Miguel, amor mío, ¿cómo vas a ayudarme? No tienes licencia de manejar. Si te pesca un policía, te lleva preso —bromea mamá.

Con lo nervioso que está Miguel con la visita de su tía, con su escuela nueva y con la mudanza a Vermont, piensa que pasar el próximo año solo en la cárcel no estaría nada mal.

—Por favor, mi cielo, ¿podrías entrar con tu hermana y buscar a tía Lola —La voz melosa de mamá es como un puñado de pedacitos de chocolate del paquete que guarda en la despensa: irresistible.

—¡Los quiero mucho! —les dice a los muchachos en español cuando se bajan del carro.

—¡*Love you, too*! —le responde Juanita, ¡igualmente!

La multitud hormiguea a su alrededor en la pequeña pero concurrida terminal.

Juanita le toma disimuladamente la mano a Miguel. Está asustada, como si todo el español que le ha presumido a mamá acabara de tomar un avión a Sudamérica.

—¿Podremos reconocerla? —pregunta.

—Esperaremos a que alguien que parezca estar buscándonos salga del avión —dice Miguel.

¡Ojalá mamá se apure y encuentre un lugar donde estacionarse!

Varios hombres de negocios pasan deprisa, mirando el reloj, como si ya hubieran llegado tarde a cualquier cita. Detrás de ellos, una abuela pone en el suelo su funda de compras llena de regalos al mismo tiempo que dos niñitos corren hacia ella y le echan los brazos al cuello. Un joven mira lentamente a su alrededor como si se hubiera bajado en la estación equivocada. Una muchacha abraza a su novio, quien la besa en la boca. Miguel mira hacia otro lado.

¿Dónde está su famosa tía?

La multitud se dispersa y todavía no hay señales de ella. Miguel y Juanita se acercan al mostrador de la aerolínea y le piden a una señorita que por favor llame a su tía por la bocina.

—No sabe nada de inglés —explica Miguel—, solamente español.

La señorita del traje azul tiene tantas pecas que parece como si alguien le hubiera echado una funda llena de ellas a la cara.

—Lo siento, muchachos. Estudié un poquito de español en la escuela secundaria, pero eso fue hace siglos. Se me ocurre algo. Llámenla ustedes mismos.

—Que lo haga ella —dice Miguel, empujando a su hermana hacia el mostrador. Aunque él es el mayor, Juanita siempre es la que se luce con su español frente a papá y mamá.

Juanita niega con la cabeza. Se ve asustada, como si estuviera a punto de llorar.

—No hay de qué tener miedo —la anima Miguel, como si él hubiera llamado a su tía por una bocina toda la vida.

—Así es, cariño —dice la mujer, asintiendo con la cabeza hacia Juanita. Pero Juanita no cede. Luego, dirigiéndose a Miguel, sugiere—: Ya que ella está asustada, ¿por qué no lo haces tú?

—Yo no hablo español —dice Miguel. En realidad no es una mentira, pues Miguel no sabe suficiente español como para hablar ante toda una terminal

—Sí, tú también lo hablas —gemiquea Juanita—. Sí lo sabe, pero no le gusta hablarlo —le explica a la empleada de la aerolínea.

—Inténtalo —dice la señora pecosa, abriendo una puertita para que los muchachos pasen detrás del mostrador, a una oficina que hay al otro lado. Un hombre calvo de rostro cansado y con audífonos puestos está sentado frente a un escritorio, dando vueltas a los botones de una máquina. La señorita le explica que los muchachos tienen que llamar a una tía que está perdida y no habla inglés.

—Ven acá, hijo —dice el hombre y le hace señas a Miguel para que se acerque—. Habla por aquí, por el micrófono. Probando, probando —ensaya. Ajusta unos botones y corre su silla para que Miguel pueda ponerse a su lado.

Miguel recorre el micrófono con la mirada. Se le revuelve el estómago y tiene la mente en blanco. Lo único que recuerda en español es «tía Lola» y «hola».

—Hola tía Lola —dice Miguel en español por el micrófono. De pronto, las palabras empalagosas que mamá le dice todas las noches cuando lo acuesta, las que dijo cuando él y Juanita se bajaban del carro, se le escapan de la boca—: Te quiero mucho.

Juanita lo mira, sorprendida. Miguel hace mala cara.

—Es lo único que recuerdo —dice refunfuñando. Con todas las cosas que últimamente se le escapan de la boca, va a tener que ponerse una mordaza.

—¡Yo recuerdo más! —alardea Juanita. Da un paso adelante, olvidándose del miedo, y habla por el micrófono—: Hola, tía Lola —dice con voz sonora, como si estuviera anunciando tiempo soleado para mañana por la televisión—. Te esperamos en el mostrador. Te quiero mucho —dice al final, como Miguel.

Cuando Miguel y su hermana salen de la oficina, escuchan tremendo grito. No es un grito en español, ni un grito en inglés. Es un grito que cualquiera en cualquier lugar entendería.

Alguien está muy contenta de verlos.

Tía Lola se encuentra al otro lado del mostrador. ¡Es inconfundible! Tiene la piel del mismo color canela claro que ellos. Lleva el cabello negro recogido en un moño coronado por una cayena rosada. Tiene los labios pintados de rojo encendido y un lunar grande y negro junto a la boca. Su colorido vestido de verano tiene unas cotorras que vuelan hacia unas palmeras, y las flores del estampado parecen estar listas para saltar de la tela, si tan sólo pudieran hacerlo.

Justo detrás de la tía, aparece mamá con sus botas para escalar y una chaqueta de invierno azul marino, un gorro y unos guantes rojos.

—¡ Tía Lola! —exclama.

Se abrazan y se besan y vuelven a abrazarse. Cuando tía Lola se aparta, ¡su lunar ha desaparecido!

—Estos dos —le dice en español tía Lola a la mamá, señalando a Miguel y a Juanita—, estos dos me dieron la bienvenida a este país. ¡Ay, Juanita! ¡Ay, Miguel!— exclama y extiende los brazos para abrazar a sus sobrinos—. ¡Los quiero mucho!

Es una voz irresistible. Como tres puñados de pedacitos de chocolate del paquete de la despensa, una lata de Pringles y sus SpaghettiOs favoritos, todo para él. Por un instante, Miguel se olvida de la mudanza reciente, de su papi y de los amigos que ha dejado en Nueva York. Cuando tía Lola lo envuelve en sus brazos, él también la abraza, tan fuerte como puede.

Capítulo dos

Welcome, tía Lola

¡Miguel no puede creer cuánto equipaje ha traído su tía de la República Dominicana!

Dos maletas grandes envueltas en plástico. «Para más seguridad», explica tía Lola y arquea las cejas como si las joyas de la corona estuvieran dentro.

Una caja con una piñata, que tía Lola dice que guardarán para una ocasión especial.

Un saco de lona lleno de regalos de sus primos, tías y tíos.

Un tubo con una bandera dominicana enrollada dentro.

Una funda de viaje floreada con cositas de tía Lola.

Miguel mira el montón de equipaje que ha ayudado a descargar del carro. Luego le pregunta a su tía en inglés que cuánto tiempo dijo que iba a quedarse:

—¿*How long did you say you were staying, tía Lola?*

—¿Qué dice? —pregunta tía Lola.

Miguel niega con la cabeza, levanta una maleta y comienza el largo ascenso a la planta alta, a la habitación que han arreglado para su tía.

Al día siguiente, tía Lola todavía está desempacando.

—No sabía qué traer —explica. Así que trajo un poco de todo.

Para comenzar, tía Lola desempaca un neceser que ha traído consigo. Está lleno de cosméticos y rolos, aretes y varios frascos con contenidos extraños, que según mami son seguramente remedios. En el fondo hay una botella de Agua de Florida con la que tía Lola rocía la habitación.

—¿Para qué hace eso? —le pregunta Miguel a mamá.

—Es agua de la buena suerte —explica mami. Tía Lola es una especie de santera—. Es como un doctor que usa magia en vez de medicinas.

—¿Puedo contarle a mis compañeros de la escuela? —pregunta Juanita. Tiene la cara muy animada, como si se acabara de enterar de que un pariente suyo llegó a bordo del Mayflower.

—Por favor, mami, no la dejes —suplica Miguel.

Lo único que falta es que sus nuevos compañeros de escuela se enteren de que tiene una parienta aloqueteada.

*　*　*

Tía Lola desempaca sus vestidos veraniegos de colores brillantes y su sombrero negro con velo. Desempaca media docena de pares de tacones que hacen juego con sus vestidos, y una docena de vistosos pañuelos para atárselos en la cabeza como turbantes, cuando está haciendo su magia. Su clóset parece un jardín florido en pleno verano.

Desempaca sus maracas y su tambor por si hay fiesta. Se pone las castañuelas y las hace sonar por toda la habitación, zapateando, como si estuviera rabiosa. Mamá y Juanita la acompañan, haciéndose las graciosas.

—¿No te parece divertida? —mamá le pregunta a Miguel, una y otra vez.

Tía Lola desempaca fundas de café y azúcar prieta, y las coloca en los estantes de la cocina. Cuelga sus especias —hierbabuena, orégano, anís, hojas de guanábana, ajíes—de las vigas del techo. También ha traído un guayo para guayar la yuca y un burén para moldear unas tortas de casabe, redondas y planas. El guayo es una especie de rallador extra-grande y el burén es una piedra grande y lisa. Ponen las semillas de la verdura que trajo tía Lola en un tarro para que germinen.

—¡Ay, qué bueno! —aplaude la mamá de Miguel—. ¡Tendremos cocina dominicana auténtica en Vermont! Habrá que invitar a Rudy.

Está ayudando a tía Lola a colgar su mantilla en el marco de la ventana. Parece una hermosa telaraña negra con una rosa roja prendida en el medio. Mientras trabajan, bailan uno de los merengues de tía Lola, que suena en el estéreo. Juanita las sigue, meneando las caderas, uno-dos, uno-dos, uno-dos.

—¿No les parece divertida? —mamá insiste.

—Supongo —refunfuña Miguel. Y luego, al ver que mamá le clava la mirada, agrega—: Es divertidísima, mami.

Sin embargo, Miguel tiene que aceptar que hay algo realmente divertido acerca de tía Lola.

Cuenta unos cuentos estupendos.

Ninguno de los cuentos de tía Lola es exactamente cierto, pero eso a Miguel no le importa. Mientras escucha, siente como si no estuviera en Vermont, sino en un mundo mágico donde cualquier cosa puede suceder. Y lo que resulta más mágico es que, aunque en sus conversaciones diarias Miguel a veces no entiende el español de tía Lola, cuando ella cuenta sus cuentos, Miguel parece entender cada palabra.

—Había una vez . . . —comienza tía Lola. Y Miguel siente que un yo secreto, distinto a su yo normal de todos los días, se eleva por el aire como el vapor que sale de una olla y desaparece dentro de los cuentos de tía Lola.

* * *

Todas las noches, tía Lola se reúne con Miguel y Juanita en su habitación. Mientras mamá descansa a solas o hace llamadas o sigue desempacando las cajas que todavía están amontonadas en el ático, tía Lola les cuenta todo acerca de su fascinate y numerosa familia dominicana.

Les cuenta del tío que tiene seis dedos y puede hacer cualquier cosa con las manos, de la bisabuela que lee el futuro en las manchas que el café deja en las tazas, y del primo que una vez se hizo amigo de una ciguapa dándole pastelitos, pequeñas empanadas fritas rellenas de carne molida. Las ciguapas son criaturas bellas y misteriosas que salen de noche, y que nunca nadie puede atrapar. Tienen un secreto especial. Sus pies están al revés, y por eso ¡dejan huellas en dirección contraria a sus pasos!

El siguiente fin de semana, como Miguel no tiene amigos aquí ni nada mejor qué hacer, intenta ese truco en la nieve. Las huellas quedan desordenadas y torpes, como alguien que camina dando traspiés. Pero no parecen huellas de ciguapa.

Una tarde, dos de sus compañeros de escuela llaman a la puerta. La mamá de uno de ellos espera en el carro, observando su la antigua casa con techo a dos aguas. Los muchachos están recogiendo dinero para el equipo local de la Liga Infantil de béisbol. Cuando llegue la primavera, necesitarán uniformes y articulos deportivos.

—¡Caray! —exclama Miguel—. Me encantaría entrar al equipo.

—Ven a las pruebas de selección —dice uno de ellos. El más alto se llama Dean. Tiene los ojos de un azul intenso que el papá de Miguel llamaría azul ultramarino y una amplia sonrisa traviesa que mamá llamaría un problema con letra mayúscula.

Los muchachos están hablando en el cuarto de desahogo, cuando tía Lola pasa con sus tacones de aguja y su turbante blanco llevando un plato de brasas humeantes. Ya le ha dado una limpia al sótano y ahora sube las escaleras. Quiere ahuyentar a los malos espíritus y atraer a los buenos y a las ciguapas mágicas de la isla. Los muchachos se quedan boquiabiertos.

—¿Qu-qu-quién es esa? —pregunta Sam, el menor. Su fino cabello rubio suele pararse de punta por la electricidad. Pero ahora parece como si se hubiera dado un buen susto.

Miguel vuelve la cabeza y mira, luego se encoge de hombros como si no hubiera nadie allí. Mientras los muchachos se apresuran por los escalones del frente, Miguel escucha decir a Dean:

—Te apuesto a que fue un fantasma. Mi mamá dice que esta vieja casa está embrujada.

Miguel cierra la puerta y se recuesta en ella, su cara tan pálida como si en realidad hubiera visto un fantasma. Cuando levanta la vista, tía Lola lo está mirando.

Esa noche, cae una tormenta de nieve. La mañana siguiente, cuando Miguel mira hacia afuera por la ventana, los copos siguen cayendo iluminados por el bombillo de la galería. Cuando baja a la cocina, tía Lola no está tomando el desayuno con los demás.

—Buenas noticias —dice Juanita cuando Miguel se ha sentado—. ¡Hoy no hay clases!

—Pero yo tengo que ir al trabajo —les recuerda mamá—. Me alegra tanto que tía Lola esté aquí, así no tengo que preocuparme por dejarlos solos. ¿A propósito, dónde está tía Lola? —pregunta y mira el reloj de la pared—. Por lo general se levanta a esta hora. Anoche parecía un poco triste.

—No quiso contarnos un cuento —admite Miguel.

—¿Quizás la has ofendido? —Como es psicóloga, su mamá siempre cree que todo lo que pasa tiene que ver con los sentimientos de las personas.

—¿Cómo iba yo a ofenderla? —dice Miguel, tratando de no sonar molesto con su mamá. *Ella* ha estado muy susceptible últimamente—. No sé suficiente español como para ofender a tía Lola.

—Tía Lola es una persona especial —observa mamá—. Puede ver los sentimientos ocultos que hay en el corazón de los demás —dice, y le lanza una mirada a

Miguel como si también ella pudiera ver lo que hay en su corazón.

A decir verdad, la presencia de tía Lola en casa sin duda despierta en Miguel sentimientos confusos. Es divertida, pero no está seguro de que su presencia le ayude a hacer nuevos amigos. ¿Por qué tía Lola no puede comportarse un poco más como su maestra, la señora Prouty, que habla sin mover la mandíbula y es tan propia que hasta pide «perdón» antes de estornudar? ¿O como la granjera Becky, su vecina tímida, que se pone un abrigo blanco como si quisiera confundirse con las ovejas que cuida y trasquila? ¿O incluso como Stargazer, la amiga nueva de mamá, quien, aunque usa faldas largas y extravagantes y aretes largos, habla en voz baja para no despertar energías negativas.

—Hay que querer a las personas tal como son —mamá les dice—, entonces alcanzarán todo su potencial.

Suena a cliché, pero tiene razón. Cuando Miguel comenzó a jugar al béisbol, papi siempre le decía: «Dale, Miguel» o «Así es», aun cuando Miguel no le pegara a la pelota. Con el tiempo, su juego mejoró gracias a que papi le dio ánimos.

—Recuerden —continúa mamá—, puede ser que tía Lola eche de menos su hogar. Necesita sentir que realmente queremos que esté con nosotros.

Miguel baja la vista hacia su cereal. Hoy le tocó el plato hondo azul. Siente mucho haber ofendido a tía Lola. Él sabe lo que se siente. En la escuela, Mort, el compañero más grande de su clase, le puso el apodo de *Gooseman*, porque así suena el apellido de Miguel, Guzmán, en inglés, que quiere decir hombre ganso. Ahora los demás siempre dicen «¡Cuac, cuac!» cuando se cruzan con él en los pasillos. Quizá intentan hacerse los graciosos, pero hacen que él se sienta avergonzado e incómodo.

—¿Cómo se dice *welcome* en español? —le pregunta Miguel a mamá.

—Bienvenido si es hombre, bienvenida si es mujer —Mamá deletrea las palabras—. ¿Por qué quieres saberlo?

—Tengo una gran idea. Nita, necesito que me ayudes.

Juanita asiente con la cabeza. Le encanta que su hermano la incluya en sus «grandiosas ideas». Ni siquiera tiene que saber de antemano de qué se tratan.

La nieve le llega casi a las rodillas a Miguel, quien camina con dificultad por el campo de atrás de la casa, a lo largo de la cerca. El sol se asoma por las nubes. A su alrededor, el campo está limpio e intacto, libre de huellas y brillante con diamantes de luz.

Comienza caminando en línea recta, pateando la nieve a ambos lados. Luego hace un medio círculo, se sale de la línea recta y vuelve a entrar y a salir de ella. A cada paso, debe imaginar cómo se verá cada huella desde la casa.

Piensa en papá que está en Nueva York. Aunque trabaja decorando vitrinas por las noches, su verdadera pasión es la pintura. Hoy, desde que se mudaron, se siente más cercano a papá. Hoy él es un artista como papá, pero trabaja en una tela más grande. Está tratando de crear algo que tenga el mismo efecto que las obras de papi: hacer feliz a alguien.

En un momento dado, levanta la vista y le parece ver a su hermana menor que lo saluda con la mano. Juanita está encargada de impedir que tía Lola se asome por la ventana.

Cuando Miguel acaba, el sol cae justo sobre su cabeza.

Adentro, la casa huele a algo delicioso que se cocina en el horno. Tía Lola ha preparado una pizza especial con mucho queso, habichuelas negras y un sabroso salchichón que ha traído de la isla.

—Pizza dominicana —la llama tía Lola—. Buen provecho —agrega. Es lo que ella siempre dice antes de ellos comer.

—Tía Lola tiene que enseñarle a Rudy esto —le dice Miguel a su hermana, mientras ti sirve el tercer pedazo—. Miguel bautiza el plato ızza tía Lola» en honor a su tía.

Cuando terminan de comer, Miguel anuncia que hay una sorpresa para su tía en el campo de atrás.

—¿Para mí? —dice tía Lola, señalándose con el dedo.

Miguel ve que le vuelve el color a las mejillas, que hay un destello en sus ojos. El lunar que antes estaba junto a la boca, del lado derecho, ahora está del lado izquierdo. Tía Lola olvida detallitos así. A pesar de eso, el lunar guiña como una estrella.

Miguel las lleva por las escaleras hasta el descanso. Se detienen frente al ventanal y miran el campo nevado, donde está escrito en letras grandes: ¡BIENVENIDA, TÍA LOLA!

Tía Lola aplaude y abraza a Miguel.

—¿Quién dijo que fui yo? —pregunta Miguel.

Juanita y tía Lola lo miran sorprendidas.

Miguel señala la colita de la *a* de LOLA. Las huellas se dirigen hacia las letras en lugar de alejarse de ellas. Quizá las ciguapas han seguido a tía Lola hasta Vermont.

—¡Ay, Miguelito! —tía Lola lo besa y lo abraza de nuevo—. Tú eres tan divertido.

—Tú también —le dice Miguel. Y esta vez, lo dice en serio.

Capítulo tres

El gran secreto

En la escuela, Miguel empieza a pasar más tiempo con Dean y Sam en el recreo. Casi todos los días practican a lanzar y aparar la bola de béisbol en el gimnasio. Miguel quiere prepararse para la primavera, para las pruebas de selección del equipo de la Liga Infantil.

Dean y Sam no han vuelto a mencionar el incidente del fantasma del turbante blanco. Pero Miguel nota que no tienen demasiadas ganas de ir a su casa después de clases ni los fines de semana, lo que a fin de cuentas a él le da igual. ¿Cómo explicarles el modo de ser de tía Lola?

Una día, mientras se cambian para la clase de educación física, Dean le pregunta a Miguel si vivir en la antigua casa de Charlebois, digamos que, pues, ¿quizá da un poco de miedo?

—De noche —añade, para que no lo tachen de miedoso por preguntar.

—¿Qué quieres decir? —pregunta Miguel, haciendo tiempo para encontrar una respuesta.

—Él quiere decir, algo así como que, ¿hay fantasmas allí? —pregunta Sam.

—Pasan cosas raras —admite Miguel, tratando de mantener los dedos cruzados mientras se pone sus calcetines de deporte—. Pero he aprendido a no ponerles atención.

Dean y Sam asienten con aire solemne. En sus ojos, Miguel ve un nuevo respeto. Ellos creen que es valiente por vivir en una casa embrujada, con un fantasma de verdad. No saben lo real que es el fantasma, piensa Miguel en su interior.

Así es como tía Lola se convierte en un gran secreto.

Resulta difícil creer que alguien como tía Lola pueda seguir siendo un secreto. Está llena de vida. Está llena de risas. Está llena de cuentos. Y está llena de algarabía.

Algunas noches después de la cena, tía Lola les da clases de baile a Juanita y a mami. Se mueven a través de la sala, zapateando y castañeteando los dedos, o sacudiendo las maracas y meneando las caderas al son de Fernandito Villalona y Juan Luís Guerra y Rafael Solano.

—Si tan sólo tía Lola pudiera quedarse . . . —dice

mami, suspirando, al sentarse una noche en la cama de Miguel. Bajo sus sábanas, Miguel cruza los dedos.

—Dijiste que sólo venía de visita —le recuerda a mamá.

¿Cómo podría quedarse tía Lola? No está dispuesta a aprender inglés.

—Aunque sea aprende un poquito, tía Lola —Juanita trata de convencerla.

—¿Para qué? —pregunta tía Lola. No hay ninguna razón para ello. Está aquí de visita, nada más. Se las puede arreglar sin saber inglés.

—Pero aquí nadie habla español —le recuerda Juanita.

—¡Qué pena! —tía Lola menea la cabeza—. Si los americanos son tan listos, ¿cómo no se han dado cuenta que el español es mucho más fácil que el inglés?

Miguel entorna los ojos.

—¿*Easier for whom*? —dice Miguel en inglés entre dientes: ¿más fácil para quién?

—¿Qué dice? —pregunta tía Lola.

—Nada, nada —responde Miguel. Después de todo, en realidad no quiere ofender a su tía otra vez. Además, mientras tía Lola no sepa hablar inglés, no se atreverá a salir al pueblo ella sola. Se la puede mantener en secreto.

* * *

Sólo hay un problema con una tía que es un gran secreto.

Una hermanita habladora en el segundo curso de primaria.

—Necesito hablar contigo, Nita —le dice un día Miguel a su hermana después de clase. Siempre la llama por su apodo cuando quiere pedirle un favor. Entra en la habitación de Juanita y cierra la puerta. Pone su cara seria de hermano mayor y habla pausadamente, con voz preocupada.

—A tía Lola podrían mandarla de regreso si no tenemos cuidado.

Juanita se queda boquiabierta.

—¿Pero, quién me cuidará durante el día hasta que mami regrese del trabajo?

—Yo —dice Miguel con una sonrisa maliciosa.

Juanita está inquieta:

—¿Por qué tendría que irse tía Lola? Es parte de nuestra familia.

A Juanita le tiembla el labio inferior. Por un instante, Miguel no está seguro de poder continuar con su plan.

—Ya lleva todo un mes aquí. A los visitantes sólo se les permite estar veintiún días en este país.

—Hay que decírselo a mami —dice Juanita, saltando de su cama.

—¿Estás loca? —dice Miguel, deteniéndola del brazo—. ¿Ya sabes lo preocupada y triste que estaba antes

de que viniera tía Lola? ¿Quieres que se vuelva a preocupar?

Juanita niega con la cabeza.

—Nuestra única salida es dejar que tía Lola siga siendo un
secreto. No puedes mencionarla en la escuela, ¿de acuerdo?

Juanita asiente lentamente.

—Si alguno de nuestros amigos llama a la puerta, dile
que se esconda.

Juanita empieza a asentir, pero de pronto abre la boca
y se la tapa con la mano.

—¿Qué? —pregunta Miguel—. Más te vale que me
lo digas — la amenaza—. ¡O ya verás!

—No puedo — dice su hermana—. Es un secreto.

Y antes de que Miguel pueda atraparla para sentár-
sele encima y hacerla confesar, Juanita sale corriendo del
cuarto y baja las escaleras.

Muy pronto, se presenta un segundo problema con la tía
secreta.

Rudy empieza a tomar clases de español.

Los lunes, cuando su restaurante está cerrado, Rudy
llega en su vieja camioneta roja. «Casi tan vieja como
yo», bromea, dándole palmaditas a la camioneta como si

fuera un animal de establo. Rudy es alto y ancho de hombros, de cabello cano y despeinado, cejas espesas y mejillas sonrosadas. Parece como si hubiera vivido en el Viejo Oeste y se hubiera jubilado a la época moderna en Vermont. Cuando murió su esposa, hace cinco años, puso su restaurante. «Me encanta comer, pero no me gusta comer solo», le dice a sus clientes. Siempre les hace descuentos y sale de la cocina con su delantal blanco, llevando una olla grande con algo que acaba de «inventar» para que todos lo prueben.

La primera noche que llega a casa de los Guzmán, aspira el aroma que se eleva desde la cocina y se le hace agua la boca.

—¡Mmm! —dice—. Huele delicioso.

Tía Lola aparece con una bandeja de pastelitos. Trae puesto su vestido de palmeras y una flor rosada en el cabello.

—¡Se ve delicioso! —agrega Rudy, estirando la mano para tomar una de las sabrosas frituras condimentadas que le ofrece tía Lola. Rudy no es tímido. Se come siete de ellas.

A partir de ese momento, las clases de español se convierten en clases de cocina, seguidas de una taza de cafecito negro y una clase de merengue para rematar la velada. A veces, tía Lola incluye un poco de vocabulario en español entre un plato y otro.

—Arroz con habichuelas —exclama tía Lola, al servirle a Rudy—. Con un poquito de bacalao.

—Cariño, *honey* —dice Rudy, entre un bocado y otro—, no importarme cómo se llama. *¡Esto ser magnificat!* —Rudy fue monaguillo cuando tenía la edad de Miguel y mami dice que a veces su español suena mucho a latín—. ¡Lola, tu comida encantarme! *¡Adoremus! ¡Adoremus!*

—No está aprendiendo mucho español —se queja mami una noche después de que Rudy se ha ido.

—¡Qué importa? —dice tía Lola. Los lunes por la noche comprueban su teoría. No es necesario hablar el mismo idioma para pasarla bien.

Algunas noches, cuando comienza la clase de baile, Rudy obliga a Miguel a levantarse de la mesa.

—*Venite, venite* —dice en su español deformado. Miguel no se atreve a decir que no. Se enteró por medio de Dean y Sam que, además de encargarse de su restaurante, Rudy es el entrenador del equipo infantil de béisbol. Con algo de suerte, cuando comiencen los entrenamientos y Rudy pueda decirle algo a los amigos de Miguel acerca de su tía secreta, tía Lola ya se habrá ido.

—Sólo está de visita —Miguel se recuerda a cada rato, agitando las maracas que trae en las manos.

* * *

Es el primero de marzo y Miguel ya ha comenzado la cuenta regresiva. En treinta días, siete horas y doce minutos, exactamente a la media noche será su cumpleaños. En la ciudad, siempre había pensado que tenía un cumpleaños de primavera. Pero aquí en Vermont, la primavera nunca llega hasta fines de abril.

—Si tenemos suerte —le ha explicado uno de sus vecinos, el granjero Tom—. Acaba siendo un largo invierno, he de admitir, pero por lo menos así la gente de los llanos nos deja en paz.

Miguel no necesita preguntar a quiénes se refiere. A juzgar por la cara de Tom, no parece tenerlos en alta estima.

Pero aunque todavía falta más de un mes para que llegue la primavera, hay señales de esperanza. Durante paseos por el campo los fines de semana, Miguel puede ver el vapor que se eleva de los trapiches. Cuando la familia se sienta a cenar, hay un dejo de luz en el cielo nocturno.

En la mesa, durante la cena una noche, mami les pregunta a Miguel y Juanita cómo les fue en la escuela. Luego le pregunta a tía Lola si hubo alguna novedad en casa.

Tía Lola cuenta que un hombre de uniforme marrón

llamó a la puerta. Pero, como no era el Rudy y a tía Lola le han dado instrucciones de no abrirle la puerta a gente extraña, lo despidió con un gesto de mano.

—¡Ay, no! —dice la mamá de Miguel—. Debe haber sido el muchacho del servicio postal UPS. Estoy esperando algo. . . . —Mira a Miguel y, luego, arqueando un poco las cejas, a tía Lola.

Miguel advierte una mirada secreta que va y viene entre su tía y su mamá.

—Yo también estoy esperando algo —dice, en caso de que se estén volviendo olvidadizas en esta época tan importante del año. Su cumpleaños será dentro de diez días, cinco horas y treinta y tres minutos.

—¡Ay, Dios mío! —exclama mamá, como si apenas lo recordara.

—¿Qué tal, tiguerito? —le pregunta papá por teléfono. Es sábado por la mañana. Dentro de cinco días, catorce horas y quince minutos será su cumpleaños—. ¿Qué planes tienes para el gran día?

—No mucho —responde Miguel.

Está triste. Este será su primer cumpleaños sin papá. Por más especial que sea, no será un día tan especial como debiera.

—¿Has pensado qué quieres?

Por supuesto que sí. Más que nada, quiere que sus padres estén juntos. Pero no puede decirlo. Ya le ha mencionado varias cosas a mamá: un bate nuevo; una pelota de béisbol firmada por Sammy Sosa, que también es de la República Dominicana, como los padres de Miguel; unos patines en línea Rollerblades; y una visita de su mejor amigo, José, una vez que el tiempo mejore.

—Otra cosa —le dice a papá bajando la voz—, me gustaría que tía Lola . . . quiero decir, se suponía que venía de visita . . . y todavía está aquí . . . y ni siquiera hace un esfuerzo por aprender inglés. . . .

—¿Conque así es? Quizá sea bueno que esté ahí, así tienes con quien practicar español.

—Pero los muchachos de la escuela ya creen que soy bastante distinto —explica Miguel. Le sorprende haberle confiado todo eso a papá—. ¡Ni siquiera saben decir bien mi apellido!

Al otro lado de la línea, papá se queda callado.

—Mi'jo —dice al fin—, debes estar orgulloso de ser quien eres. Orgulloso de tu tía Lola. Orgulloso de ti mismo.

Ahora le toca a Miguel quedarse callado. Sabe que papá tiene razón, pero no puede evitar lo que siente.

—Sé que a veces es difícil —dice papá en voz baja—. Sentirás ese orgullo a medida que crezcas. Te quiero mucho —añade—, no lo olvides.

* * *

Durante los siguientes días, la mirada secreta que ha estado yendo y viniendo entre tía Lola y la mamá de Miguel, y que luego se ha extendido a Juanita, incluye de pronto a los amigos de la escuela.

En el gimnasio, Miguel encuentra a Dean y a Sam cuchicheando. En cuanto lo ven, se quedan callados.

—¿Qué pasa? —pregunta.

—¡Es un secreto! —gritan al unísono y luego sueltan la carcajada. Miguel no sabe de qué se ríen. Se siente incómodo, pero se ríe con ellos.

El viernes por la mañana, cuando Miguel baja a la cocina, mamá ya está tomando su desayuno.

—Buenos días, Miguel —dice, levantando la vista y poniendo ceño—. ¿Vas a ir a la escuela vestido *así?* —pregunta y mira a su camiseta de los Yanquis como si oliera mal.

—Es mi camiseta preferida —le recuerda Miguel. Papá se la regaló apenas la Navidad pasada. Pocos días después, sus papás se sentaron a hablar con él y Juanita y les anunciaron que iban a divorciarse.

Juanita entra a la cocina.

—Mami, ¿dónde está mi mochila? Ah, hola, Miguel. Creí que la había dejado en el cuarto de desahogo.

¡¡¡ES MI CUMPLEAÑOS!!!, Miguel tiene ganas de gritar.

Tía Lola ha estado fuera, dándole de comer a los pájaros. Al instante en que entra y ve a Miguel, lo abraza y le da diez besos, uno por cada año que ha pasado desde que nació. Luego agrega dos más y le dice que es su ñapa.

Mamá mira fijamente a tía Lola, como si quisiera recordarle algo sin decirlo en voz alta.

—Así es, muchacho —le dice a Miguel, dándole un ligero puñetazo de broma en el brazo—, ya llegaste a los números de dos cifras. Me tengo que ir —agrega mamá, mirando su reloj—, hay una reunión de personal —concluye, entornando los ojos.

—Supongo que tendré que ir a la escuela en guagua, hoy, el treinta y uno de marzo, aniversario de mi primera década en el planeta Tierra —dice Miguel. Si consigue que su cumpleaños suene importante, tal vez le den muchos regalos y le presten más atención. Quizá su mami lo lleve a la escuela y no tenga que esperar la guagua.

—Después lo celebramos. ¡Te lo prometo! —le dice mamá mientras sale por la puerta, con el abrigo a medio poner.

Toda la mañana en la escuela, Miguel lo ve todo negro. Sus amigos se comportan de una manera extraña. Nadie le desea «Feliz cumpleaños», aunque en las últimas semanas ha estado lanzando indirectas sobre la fecha.

—¿Quieren pasar el rato después de la escuela? —le pregunta Miguel a Dean cuando regresan a su aula después del recreo.

—Hoy no puedo —explica Dean—. Mi mamá... este... me va a recoger temprano. Tengo... eh... eh... eh... una cita con el dentista.

—Yo también tengo... este... una cita con el dentista —dice Sam cuando Miguel se vuelve a verlo.

Vaya amigos, piensa Miguel. José hubiera jugado con él en su cumpleaños en lugar de ir a ver a un dentista tonto. Quizá, después de todo, estos amigos nuevos no son amigos de verdad.

Miguel ve todo aún más negro a medida que transcurre el día.

Por la tarde, sale cabizbajo de la escuela, arrastrando los pies. Sus amigos se han ido temprano a casa. La guagua escolar se ha ido. Mejor para él, prefiere caminar a casa que ir en la ruidosa guagua con su hermana y los amigos de su hermana en su cumpleaños.

Cuando levanta la vista, ¡no puede creer lo que ven sus ojos!

Justo delante de él, está papá en *jeans* y chaqueta de cuero, tomando a Juanita de la mano, sonriendo de oreja a oreja.

—¡Feliz cumpleaños, tiguerito! —le grita.

Miguel suelta su mochila y corre a los brazos de papá. Este es el mejor regalo imaginable. Abraza a papá y permanece entre sus brazos hasta que se le secan los ojos llorosos.

—¡Cóntrale! ¡Qué frío hace aquí! Papá zapatea como si él también estuviera tomando clases de baile con tía Lola.

Se montan al carro que papá alquiló para venir desde Nueva York, y Juanita y Miguel le indican el camino. Toma un largo rato llegar a casa. Pasan por las fincas, los puentes ruidosos y los campos donde pedazos de tierra color marrón resaltan entre la nieve. Papá siempre dobla en la dirección equivocada. Mientras maneja, intenta jugar a algo que solían hacer en Nueva York. «¿Qué color es ése?» les preguntaba señalando algo y Miguel y Juanita tenían que decir a qué color correspondía en la paleta de óleos de papá. («¿Amarillo cadmio, ocre natural, azul cobalto con un toque de blanco de titanio?») Pero todo lo que señala aquí es gris, gris, gris.

Cuando por fin llegan a casa, el carro de la mamá de Miguel ya está en la entrada, así como la camioneta roja de Rudy.

Apenas Miguel entra por la puerta, Sam y Dean saltan de donde estaban escondidos detrás del sofá. «¡Sorpresa!» gritan. Sobre la mesa hay un montón de regalos. Justo encima, cuelga la piñata en forma de cotorra que trajo tía Lola. Rudy está de pie junto a ella, con un martillo en la mano. Debe de haberla acabado de colgar hace un instante.

De pronto, Miguel lo comprende todo. Está a punto de dar las gracias cuando escucha un último grito que sale de la cocina. Antes de que pueda darse la vuelta y buscar dónde esconderse, su tía secreta aparece con un bizcocho grande con forma de pelota de béisbol, presumiendo su única palabra en inglés—: ¡*Suupraise*! ¡*Suupraise*!

Entonces todos cantan «Cumpleaños Feliz» . . . ¡en español!

—Practicamos un poco antes de que llegaras —explica Sam—. Tú tía nos enseñó.

—¡Nunca antes había tenido a una maestra fantasma! —agrega Dean, dándole a Miguel un codazo amistoso en el costado.

Miguel se pone colorado. Pero cuando su amigo se echa a reír, no puede evitar una sonrisa.

Mira a papá, que también le sonríe. Lo que papá ha dicho es cierto. Hoy Miguel cumple diez años y ya se siente diez veces más orgulloso de ser quien es.

Capítulo cuatro

Amor de la buena suerte

¡Ha llegado la primavera! No hay quien pueda mantener a tía Lola dentro de casa. Se pone su vestido floreado de colores vivos y sus tacones, se ata su bufanda amarilla al cuello, se abotona su suéter grueso y sale a conocer a los vecinos.

—¡Tía Lola! —le gritan Juanita y Miguel, corriendo tras ella—. ¡Tú no sabes hablar inglés! —Alguien tiene que recordárselo en su propio idioma.

—*I espik inglich* —responde tía Lola, y se echa la otra punta de la bufanda sobre el hombro, como diciendo: y eso es todo. Siempre parece más decidida cuando se pone esa bufanda amarilla. «Mi amuleto de la buena suerte», la llama. Se detienen en la crianza de ovejas de la finca vecina. Tom está cortando leña junto al establo.

—¿Qué tal, vecinos? ¿Es ella la tía de la que me han hablado? —le pregunta a Juanita.

—Se llama tía Lola —asiente Juanita—. Aunque «tía» quiere decir «*aunt*», de modo que no puede llamarla así.

—¿Y qué tal si la llamo *Lady* Lola? —sugiere Tom.

—Encantada —dice tía Lola, ofreciéndole la mano a Tom, como si estuvieran en la corte de la reina Isabel y no frente a un establo maloliente. Pero la verdadera sorpresa viene cuando el tosco granjero, de overol con peto y abundante barba pelirroja, hace una reverencia como todo un caballero y besa la mano de tía Lola.

—Igualmente, encantado —declara él.

—Oye, Becky, querida —llama por encima del hombro. La rubia y tímida Becky, que puede levantar pacas de heno igual que un hombre, sale del establo. Lleva en sus brazos una ovejita que bala.

—¡Ay!, ¡Qué cosita más mona! —exclama tía Lola en español. Y de inmediato ata su bufanda amarilla al cuello de la ovejita.

—Es muy bonita, ¿no? —Becky dice en inglés. Le sonríe cariñosamente a la ovejita en brazos de tía Lola—. Pero va a llenarle de babas la bufanda si no se la quita.

—Mi bufanda de la buena suerte —explica tía Lola en español.

—Yo también tengo un amuleto de la buena suerte —dice Becky en inglés—. Sólo que no es una bufanda sino el pañuelo que recibí como premio a la mejor ovejita en la feria del condado.

Miguel nunca ha escuchado a Becky decir tantas palabras en los cuatro meses que llevan de conocerla. Cualquier rastro de timidez ha desaparecido cuando le habla a tía Lola en inglés. Tía Lola asiente y le contesta en español. ¡Las dos mujeres ni siquiera hablan el mismo idioma y sin embargo parecen entenderse a la perfección!

¿Será que la bufanda sí trae buena suerte? ¿Será que tía Lola puede hacer magia?

Después de la visita a la crianza de ovejas, Miguel, Juanita y tía Lola siguen caminando por la carretera. A su alrededor, los campos son de un verde pálido y nebuloso como los retoños nuevos. El cielo es de un azul intenso. Si papi los acompañara, señalaría a izquierda y derecha. «¿Qué color es ese?» ¡Cerros verde viridiana, capullos violeta pálido y un remolino de nubes blanco de titanio sobre un cielo azul celeste!

Tía Lola sonríe ante las veletas que apuntan hacia el sur y pita ver las golondrinas que entran y salen disparadas de los establos; saluda con la mano a una granjera que limpia su hortaliza y esta le contesta el saludo agitando su rastrillo.

En el pueblo, se detienen en el Restaurante Rudy's. «¡Hola!» tía Lola saluda en español a todo el mundo al entrar. Los granjeros en su ropa de trabajo y los profesores de la universidad que están corrigiendo los trabajos de sus alumnos y unos adolescentes de cabello morado le sonríen a la amistosa mujer. Los bebés, en sus sillitas altas, tienden los brazos, para que tía Lola los cargue. Sólo un cliente, un anciano de rostro agrio que viste uniforme militar y está sentado en la mesa del rincón, fulmina a tía Lola con la mirada, como si tanta amabilidad fuera un escándalo.

Rudy sale de la cocina moviendo la cabeza. Parece cansado y sonríe sólo un instante.

—¡Vaya día! —confiesa y señala por encima del hombro con la cabeza al hombre con mala cara del rincón. Parece que el anciano ha pedido huevos rancheros y los devuelve a la cocina una y otra vez. Según Rudy ya van tres devoluciones.

—Dice que no son huevos rancheros «de verdad». Ese coronel Charlebois es un gran dolor en el . . . ¿Cómo se dice esto en español? —le pregunta Rudy a tía Lola, dándose una palmada en el trasero.

Miguel comienza a traducir, pero tía Lola ya lo ha entendido.

—Eso es el fundillo —dice, dándose una palmada en su propio fundillo. En cuanto a los huevos rancheros, ella tiene una receta especial que puede convertir la mala cara del viejo en la sonrisa de un niño.

—Vamos a necesitar un acto de magia, ni más ni menos, para hacer cambiar de parecer a ese viejo amargado —refunfuña Rudy, mientras regresa a la cocina con tía Lola para tratar de preparar huevos rancheros por cuarta vez.

Miguel se sienta en la barra y se pone a observar al anciano. Coronel Charlebois . . . coronel Charlebois. . . . El nombre le suena familiar. ¿No se llama así el dueño de la finca donde viven? El corredor de fincas les había dicho que el coronel Charlebois se había retirado del ejército hacía unos años y había regresado a la finca en el campo donde su familia había vivido por generaciones. Pero a fin de cuentas, debido a la artritis, decidió alquilar la antigua casa y la finca, y comprar una casa en el pueblo. Miguel se ha enterado por los vecinos de que el coronel Charlebois se ha vuelto una especie de bicho raro a fuerza de vivir solo. Insiste en ponerse el uniforme de gala y desfilar por la calle como si estuviera pasando revista a las tropas durante la Segunda Guerra Mundial.

Las puertas de la cocina se abren de repente. Tía Lola se dirige a la mesa del rincón, con un plato de huevos cubiertos de salsa de tomate, cebollas y ajíes, seguida de Rudy, que parece preocupado.

—Buen provecho —dice tía Lola, al poner el plato en la mesa, frente al anciano. El anciano asiente con la cabeza, como si entendiera que tía Lola acaba de desearle una comida feliz. Prueba un bocado. Todos en el restaurante parecen contener la respiración.

—¡Caramba! Estos son los mejores huevos rancheros que he comido al norte o al sur del Río Grande —gruñe el anciano.

Cuando tía Lola ve que ha dejado el plato limpio, le pregunta en español:

—¿Quiere más?

—Eso quiere decir, «*Do you want more?*» —dice Miguel desde su percha en el banco de la barra.

—¡Claro que sé qué quiere decir eso! —el coronel Charlebois refunfuña—. No recorrí toda la faz de la Tierra con el Ejército de los Estados Unidos en vano. ¡Y claro que quiero más! Por favor —agrega, sonriéndole a tía Lola.

Rudy sacude la cabeza y sigue a tía Lola a la cocina.

—Magia, pura magia —dice para sí.

Cuando regresan a casa esa tarde, tía Lola ya ha hecho una docena de amigos.

Miguel está asombrado. No es que sea un niño tímido, pero después de cuatro meses en Vermont, sólo tiene dos amigos, Sam y Dean. Muchos de sus compañeros de clases son amables, pero no puede decir realmente que sean sus amigos. En ocasiones se sienta con ellos en la cafetería de la escuela. Pero después de quejarse porque la señora Prouty les deja mucha tarea o de hablar acerca de las próximas pruebas de béisbol, ya no sabe qué decir. Al menos, algunos de ellos han dejado de llamarlo «*Gooseman*» o de imitar a patos cuando pasa por los pasillos.

Miguel sólo puede llegar a una conclusión. Rudy

tiene razón. Su tía está haciendo magia con todo el mundo. No ha olvidado el comentario de mamá acerca de que tía Lola tiene algo de santera.

—¿Qué es lo que hace una santera, exactamente? —le pregunta a mamá esa misma noche.

—Las santeras practican una religión llamada santería —le explica ella.

—¡Eso aclara muchas cosas, mami! —dice Miguel y se cruza de brazos—. Bueno, dime sólo una cosa: ¿Tía Lola puede ayudarme a sacar una A en mi examen de matemáticas? ¿Puede hacer que me escojan para el equipo?

Su mamá ríe y lo abraza.

—Miguel, mi amor, tu mamá puede decirte cómo lograr esas cosas —le da una palmadita en el trasero—. Quémate el fundillo sentado estudiando en tu silla y sacarás una A. En cuanto al equipo, cómete lo que prepara tía Lola. Le he pedido que te haga comida dominicana de la buena. La pizza y las papitas Pringles no son lo más nutritivo para un futuro jugador de las grandes ligas.

—Muy graciosa —gruñe Miguel.

A veces, cuando su mamá le toma el pelo, se pone tan molesto como el coronel Charlebois.

Al día siguiente en la escuela, Miguel abre su lonchera y encuentra cuatro cosas que parecen albóndigas envueltas en papel de aluminio junto a su lata de Pringles. Está a punto de botarlas, cuando Mort le pregunta:

—¿Qué traes allí, *Gooseman*?

Mort es un muchacho del campo que está en la clase de Miguel. Tiene músculos donde los otros sólo imaginan que pueden llegar a tenerlos. «Mi nombre quiere decir ‹muerte› en francés», le gusta alardear, dándose golpes en el pecho como Tarzán. Su familia vino de Canadá a Vermont en el siglo diecinueve, antes de que llegaran los esquiadores, los turistas y los estudiantes universitarios. También le gusta alardear acerca de eso. Pero Mort no saca buenas calificaciones, y algunos de los muchachos del pueblo se burlan de él porque le cortan el pelo en casa y le compran ropa usada.

—¡Albóndigas! ¡Ñam! Mi comida favorita.

Mort se mete en la boca una de las bolas de carne de tía Lola.

Miguel espera a que Mort la escupa o caiga muerto, pero Mort se sirve otra.

—¡Espero que no te moleste! —dice sonriendo—. Oye, ¡están buenísimas!

Esa misma tarde, podría ser una coincidencia, pero de todos modos es la primera vez que sucede: Mort escribe correctamente «*Mississippi*» en la clase de ortografía.

Queda una deliciosa bola de carne en la lonchera. De camino a la práctica de béisbol, Miguel se la come de un solo bocado.

* * *

Miguel quiere preguntarle a mamá sobre aquel extraño alimento, pero tía Lola es la que siempre prepara los almuerzos de él y de su hermana.

—Tía Lola —comienza, mostrándole el pedazo arrugado de papel de aluminio. Pero antes de que pueda preguntar por el alimento mágico, tía Lola le da un abrazo y un beso. Está tan contenta de que le gusten sus quipes. Llevan trigo, carne molida y una chin de pimienta, y harán que le crezcan los músculos de los brazos.

A Miguel no le importa cómo se llaman.

—¿Son mágicos? —pregunta—. Necesito que me escojan para el equipo, tía Lola.

Tía Lola asiente.

—Yo sé.

¡Claro que lo sabe! Es una santera, recuerda Miguel. Hace magia.

Al día siguiente, a la hora de comer, Miguel encuentra media docena de frituras esponjosas en un recipiente de plástico. Mort se come cuatro y él dos. Tía Lola dice que se llaman empanaditas de queso y están hechas de queso y masa frita en aceite de maní.

A la mañana siguiente, Mort le cuenta a Miguel que ha tenido un golpe de suerte. ¡Su papá acaba de enterarse de que ha ganado quinientos dólares con su billete semanal de la lotería! Como Mort le ayudó a escoger el número ganador, papá le comprará su propio novillo para que lo lleve a la feria del condado en agosto próximo.

—¡Qué maravilla! —dice Miguel, fingiendo que esto le parece una compra emocionante.

Más tarde, él también recibe una grata sorpresa por correo: un bate Sammy Sosa Louisville Slugger que papá le envió desde Nueva York, para que le traiga buena suerte en las próximas pruebas de selección.

Todos los días, al despertar, Miguel le tira a una pelota imaginaria con su nuevo bate. Flexiona los brazos, pero sus músculos todavía están bastante flojos. Sin embargo, se siente mucho más fuerte. Las raciones mágicas que tía Lola pone en su lonchera están surtiendo efecto.

Miguel le pregunta por los frascos que trajo de la isla. Ella le explica que son remedios de hierbabuena y guayuyo y yema de huevo para curar las heridas y las cortaduras.

—¿Pociones mágicas? —quiere saber.

Ella sonríe y le acaricia el pelo, apartándoselo de los ojos.

—Todo es mágico si se hace con amor, Miguel.

Eso suena demasiado a cliché, ya sea en inglés en español. ¡Oh, *please* y por favor!

Pero, desde luego, las santeras no revelan sus secretos, piensa Miguel. Responde con un guiño de complicidad, como diciéndole que sabe de qué se trata. Después de todo, en este país podrían arrestarla por hacer magia para que su sobrino logre entrar al equipo local de béisbol. Esa noche, Miguel le confiesa a papá por teléfono que tía Lola está poniendo comida mágica en su lonchera para ayudarlo a entrar al equipo.

—Para ti es muy importante entrar al equipo, ¿verdad, tiguerito? —observa papá.

Sí que es importante. Después de todo, sus dos únicos amigos ya están en el equipo.

—Ay, Miguel, vamos, seguro que te escogen —Sam le repite una y otra vez.

Dean está de acuerdo:

—Claro, eres dominicano. O sea que llevas el béisbol en la sangre.

Cuando Miguel le cuenta a papá lo que le ha dicho Dean, papá se enoja.

—Vas a entrar al equipo porque has entrenado mucho, por eso.

Con frecuencia, papi dice que lo peor que puedes hacerle a alguien es suponer cosas de ellos. Eso se llama «estereotipar».

Quizá él, Miguel, está suponiendo cosas acerca de tía Lola. Quizá ella no esté haciendo magia. Al fin y al cabo, ella siempre le dice el nombre de lo que prepara y los ingredientes que lleva. Además, siempre pone las mismas cosas en la lonchera de Juanita, y Miguel no ha notado ninguna mejoría en la pequeña diablita que es su hermanita.

Lo que Miguel no le dice a papá es que tía Lola no es la única que intenta hacer magia. Los sábados, cuando van con mami al pueblo en el carro para hacer las compras o algún mandado, Miguel piensa para sus adentros: *Si el semáforo cambia a verde antes de que lleguemos a la esquina, entraré al equipo.*

A veces, justo antes de que lleguen a la esquina, el semáforo se pone verde. Miguel siente una oleada de alivio y alegría. Pero la mitad de las veces, el semáforo todavía está en rojo. En su asiento, al lado de mamá, Miguel pone ceño y piensa: *Quise decir, el próximo semáforo, no este.*

Le preocupa estar volviéndose nervioso y supersticioso, pero sigue anhelando que sus deseos se hagan realidad:

Si suena el teléfono en el próximo minuto, sacaré una A en mi examen de matemáticas.

Si pasamos siete carros rojos antes de llegar a casa, conseguiré muchos amigos.

Si veo una estrella fugaz ..., un arco iris doble ..., un unicornio ..., un extraterrestre ...

—Este deseo exige apuestas mucho más altas—

... Mis papás se volverán a juntar.

* * *

El fin de semana en que se realizan las pruebas de selección del equipo sucede algo realmente mágico. Papá viene de Nueva York para darle «apoyo moral» a Miguel.

—Es algo parecido a la magia de tía Lola —explica papá.

El sábado por la mañana, todos van juntos en carro al campo de juego de la escuela: papi y mami, Juanita y tía Lola, como una verdadera familia. El terreno ya está lleno de muchachos que entraron al equipo el año pasado. Miguel ve a Dean en los jardines y a Sam en la primera base. Rudy, vestido con sudadera gris y una gorra de los Red Sox, da instrucciones a los novatos que han venido a probar suerte.

Miguel se une a la fila de muchachos que espera su turno para batear. De pronto, desea que los estereotipos fueran ciertos y que «automáticamente» pudiera entrar al equipo, sólo porque sus papás son de la República Dominicana.

Se vuelve hacia las gradas, donde está sentada su familia, y otro pensamiento supersticioso le viene a la cabeza. *Si tía Lola me da una señal, entraré al equipo.*

Cierra bien los ojos, tratando de no pensar en esas tonterías. No hay tiempo para dejarse asustar con supersticiones. *Miguel Guzmán*, se dice, *¡vas a entrar al equipo porque te fajaste practicando y mereces ganar!*

Y en ese momento, justo cuando abre los ojos, tía Lola agita su bufanda amarilla.

Miguel batea y la pelota sale volando muy alto, muy lejos, impulsada por toda la fuerza de la cocina dominicana y toda la magia del amor de su tía.

Capítulo cinco

La guerra de las palabras en español

Papá está hablando a solas con mamá en la cocina. Ahora que el tiempo ha mejorado, viene en carro, un fin de semana sí y otro no, a ver a Miguel y a Juanita. Una vez que terminen las clases, quiere que vayan a visitarlo a la ciudad de Nueva York. Pero mamá obviamente no está de acuerdo. En la cocina, el volumen de las voces va en aumento.

Juanita corre a refugiarse junto a su hermano. Miguel nota que está a punto de llorar. Él no se va a preocupar. Cuando las cosas andan mal, le basta con ponerse a soñar con un juego de béisbol.

Pero ahora, la cara llorosa de su hermana se interpone entre él y un batazo al aire.

Para poder coger la pelota, aparta a su hermana. Ella tropieza, cae, y luego se pone a llorar y sube corriendo las escaleras.

Miguel se agacha, apara la bola imaginaria y se la

lanza al receptor. El público se pone de pie y lo aclama. Sus compañeros de equipo le dan palmadas en la espalda.

Pero por alguna razón, no se siente tan bien como creyó que se sentiría.

Miguel toca a la puerta de su hermana.

—Se puede —tía Lola le da permiso de entrar. Su tía está sentada en la cama junto a Juanita, quien está bañada en lágrimas—. Tienes que cuidar a tu hermanita —dice al ver a su sobrino.

—*I know* que tengo que cuidar a mi *little sister*, tía Lola —Miguel le da la razón. Le habla a su tía en espanglish. Mamá y papá le dicen espanglish al inglés salpicado de español que hablan Miguel y Juanita cuando según ellos están hablando en español. —*It's just* que *sometimes* Juanita se porta como una *baby* . . .

—¡No soy un bebé! —grita Juanita.

Tía Lola los rodea con los brazos.

—¡Ya, ya! —finge regañarlos. Son hermanos. No deben pelearse. Necesitan hacer algo juntos para aprender a llevarse bien.

—¿Tal vez ella podría aprender a lanzar la pelota de béisbol? —sugiere Miguel. Le da una sonrisita de superioridad a su hermana, que le saca la lengua.

De pronto, la cara de tía Lola se ilumina. Se le ha

ocurrido una gran idea: ¡juntos, su sobrina y su sobrino pueden darle clases de inglés!

Miguel hace gestos. No quiere pasar el verano haciendo algo parecido al trabajo escolar.

—Pero tú no quieres hablar inglés —le recuerda Miguel.

—Es cierto, tía Lola, el inglés es demasiado difícil —agrega Juanita.

Por primera vez en todo el día, los hermanos están de acuerdo en algo.

La idea de tía Lola comienza a funcionar.

Sin duda, Miguel le debe uno que otro favor a su tía. Está convencido de que a principios de la primavera, ella movió algunos hilos mágicos para que él entrara al equipo. ¿Pero por qué de pronto su tía quiere aprender inglés, después de meses de haberse negado?

—¿Por qué, tía Lola?

La tía se pone un poco tímida, lo cual resulta difícil con su cara animada y ojos vivos. Tiene algo que confiarles. Mamá le ha pedido que se quede. Podría ayudarlos más si sabe más inglés. Y, en pago por las clases de inglés, tía Lola les enseñará más español a sus sobrinos.

—Yo sé mucho español —protesta Miguel.

—Yo sé más español que tú —Juanita le da una risita burlona.

Ahora le toca a Miguel sacarle la lengua a su hermana.

*   *   *

Mientras mami y papi siguen discutiendo en la cocina, Miguel comienza la primera lección.

—Tía Lola, vamos a enseñarte a decir cómo te llamas—. Habla con lentitud como si le hablara a una persona mayor con problems de audición—: *What is your name?*

—*What is your name?* —repite tía Lola.

—No, no —Juanita niega con la cabeza—. Tienes que decirle tu nombre: «*My name is Lola*».

—*No, no* —dice tía Lola, pronunciando cada palabra con cuidado—. *You have to say . . .*

—Es inútil —le dice Miguel a su hermana—. Realmente no entiende lo que está diciendo.

—*She doesn't really understand what she is saying* —repite la tía como una cotorra.

Mamá aparece en la puerta, seguida de papá.

—¿Qué está pasando aquí? —pregunta. Miguel no puede adivinar por sus caras a qué acuerdo han llegado.

—Le estamos enseñando inglés a tía Lola —explica Miguel. Y luego, recordando que una de las principales razones de mamá para no permitir que visiten a papá es que son muy pequeños para viajar solos, agrega—: Quizá tía Lola pueda acompañarnos a Nueva York, si sabe un poquito de inglés.

—Nos podría cuidar —agrega Juanita.

—Ya veremos —dice mamá. Es lo que siempre dice cuando le piden algo y ella no ha decidido si va a decir que sí o no.

Ahora, en cada oportunidad que se les presenta, Miguel y Juanita le dan a su tía lecciones de inglés.

En el camino al pueblo, Miguel se detiene frente a la señal que hay junto al puente techado que dice «Límite de carga: una tonelada».

—*Load limit: one ton* —le lee en inglés Miguel a su tía.

—*Load-limit-one-ton* —repite tía Lola.

En el pueblo, mientras esperan para cruzar, Miguel señala los letreros con los nombres de las calles. Hard-scrabble, Main, College y su favorita, Painter, porque le recuerda a papá, ya que *painter* quiere decir «pintor». Luego, las señales de tráfico: —*One Way* quiere decir Una Vía —explica Miguel —, y *Caution* es Cuidado.

La mujer policía sostiene su señal de pare en el cruce de peatones.

—*Have a nice day* —les desea que tengan un buen día, cuando han llegado a salvo al otro lado.

—*One-way-caution-you're-welcome-thanks-for-asking* —parlotea tía Lola. Ese es el problema con la forma que tiene de hablar inglés: cuando comienza, lo habla todo pegado y de un tirón.

La mujer policía la mira extrañada.

—*Have-a-nice-day* —concluye tía Lola. Que pase un buen día.

A veces, de pura casualidad, dice la frase apropiada.

Calle abajo y en dirección a ellos, viene la señora Prouty, acompañada de sus mellizas gorditas. Miguel trata de desviarse con tía Lola hacia Aromas y Espíritus, la tienda de velas y tarjetas de Stargazer, pero la señora Prouty ya los ha visto.

—Gusto en verte, Miguel. Esta debe ser tu tía, de la que me ha hablado tu mamá.

Miguel se pone tan nervioso que confunde los nombres de todas. Entre risillas, las hijas de la señora Prouty le dan la mano a tía Lola. Pero tía Lola no saluda así a la gente.

—*Load-limit-one-ton* —entona tía Lola sin sentido, mientras abraza a las niñas de caras redondas que se sonrojan—. *Slippery-when-wet-proceed-with-caution*.

La señora Prouty está confundida, sobre todo cuando tía Lola la abraza también.

—*Awesome-get-a-life-chill-out* —canturrea tía Lola en ingles.

Miguel se encoge de vergüenza. Le ha estado enseñando algunas de las expresiones que se usan ahora para hacer que suene un poco más a la moda en inglés.

—Hace bastante frío para ser junio, ¿verdad? —pregunta la señora Prouty, con la mandíbula más rígida que de costumbre, mientras aparta a sus hijas de la loca.

Miguel está ansioso por llevar a tía Lola de vuelta a casa antes de que los haga pasar más vergüenzas.

Mientras pasan frente a la oficina del correo, el cartero viene bajando las escaleras.

—*Where-is-the-ladies'-room?* —Tía Lola le pregunta dónde está el servicio de señoras a manera de saludo.

El joven se rasca la cabeza y se aleja rápidamente.

—Mi inglés no funciona —admite finalmente tía Lola. Consigue amigos con mayor facilidad cuando habla en español con la gente. Su magia no parece funcionar en otro idioma.

—Tienes que practicar, tía Lola —le recuerda Miguel—. Tienes que aprender qué decir cuándo.

Pero tía Lola no ve la hora de que termine su clase de inglés diaria. Luego les toca a Miguel y a Juanita tratar de arreglárselas en su segundo idioma, el español. En realidad, Miguel y Juanita no se están llevando mejor en español que en inglés. Ahora que tienen dos idiomas en que hacerlo, pelean más. Y las discusiones empeoran cuando su tía les enseña que las palabras en español tienen género.

—¿Y eso qué quiere decir? —pregunta Juanita—. ¿Que algunas palabras son bonitas y femeninas mientras que otras —mira a su hermano de reojo— son feas y malas?

Tía Lola trata de explicarles. En español, las palabras son o masculinas o femeninas. No sabe exactamente por qué. Las palabras masculinas terminan por lo general en *o* y las femeninas en *a*. Como la palabra para *sky* o cielo, es masculina, mientras la palabra para *earth*, la tierra, es femenina.

—¡El cielo es de nosotros! ¡El cielo es de nosotros!

Miguel no puede evitar provocar a su hermana. Es como si estuvieran jugando al Monopoly y él acabara de comprar la propiedad más costosa.

—Pues, ¡nosotras tenemos la tierra! Termina en *a*. ¡La tierra! —Ahora es Juanita quien se regodea—. Y todo lo que está en el cielo: ¡la luna, la lluvia, las estrellas!

Tía Lola menea la cabeza. Así no es cómo funciona. Los varones no son los dueños del cielo. Las hembras no son las dueñas de la tierra, la luna, la lluvia y las estrellas. Pero ni Miguel ni Juanita la están escuchando.

¡Ha llegado el verano! De camino a casa después del último día de clases, Miguel piensa en todo lo que le espera. Pronto comenzarán las prácticas del equipo. Ojalá pueda ir a visitar a papá y a sus amigos en Nueva York. Mientras tanto, tía Lola está llena de ideas divertidas.

El primer día de vacaciones, empiezan a sembrar una hortaliza en el patio de atrás. Tía Lola se pone sus tacones más altos como si fuera a un centro nocturno en vez de al campo de atrás. Luego, mientras camina en zigzag y se tambalea por aquí y por allá, formando surcos, Juanita y Miguel la siguen, dejando caer semillas en los agujeros que ella abre con sus tacones.

Siembran lechuga y verduras, tomaticos y habichuelas negras de los paquetes que tía Lola trajo de la isla. Limpian los tallos de las frambuesas, que ya están cargados del fruto carmesí.

—Me encantan estas —dice Miguel, y se las come a puñados mientras trabaja.

Lamentablemente, a los pájaros azules y los mirlos de alas rojas también les encantan. Pero a tía Lola se le ocurre una solución. Saca todas sus mantillas y las extiende sobre los arbustos de frambuesas. Ahora, cuando los pájaros bajen en picada, lo único que conseguirán llevarse serán unas cuantas hebras en el pico. A Miguel le dan un poco de lástima. Pone un puñado de frambuesas en un plato para darle gusto a los pájaros.

Al poco tiempo, de la tierra brotan retoños verdes en hileras caprichosas y zigzagueantes. ¡Tía Lola diseñó la hortaliza con la forma de la isla! En el lugar donde estaría su pueblo en el mapa, ha sembrado berenjenas, su verdura favorita. Para marcar la frontera entre la

República Dominicana y Haití, el país vecino, manda a pedir un rosal especial sin espinas. «Para un futuro más color de rosa entre los dos países», explica. Reserva sus ajíes picantes para el lugar que le correspondería a la capital. «Para los políticos, por las mentiras que dicen». Miguel no comprende. Tía Lola se ríe. Es una especie de chiste para adultos y hay que estar al día en las noticias para entenderlo.

En medio de la hortaliza, tía Lola pone su querida bandera dominicana. Luego, se lleva la mano al corazón y canta el himno nacional que ha tratado de enseñar a sus sobrinos. Es la primera vez que Miguel ve que a su tía se le llenan los ojos de lágrimas. Mami explica que es comprensible que tía Lola sienta nostalgia de vez en cuando. Estos recuerdos y rituales de su tierra la hacen sentir un poco menos lejos de su patria y del resto de la familia.

Desde luego, a los mapaches les importa un pito el mapa de tía Lola. Empiezan a comerse los pequeños retoños de lechuga y berenjena, y hacen pedazos el rosal. Pero tía Lola encuentra una manera de engañarlos. Ata sus maracas a dos palos de escoba que entierra en el suelo junto a la huerta. Durante todo el día y toda la noche, cuando sopla la brisa, las maracas hacen *chiquichaque-chaque* y espantan a los mapaches.

Pero para Miguel lo más divertido es cuando salen

con tijeras y podan los arbustos en forma de cotorros y palmeras, de monos y mariposas gigantes. Todo el que pasa por ahí se detiene para admirar la transformación del lugar.

—*Keep-out-no-trespassing* —tía Lola los saluda en inglés con un «prohibido el paso-propiedad-privada» y no tardan en subirse a sus carros e irse a toda prisa.

Si a Miguel le parece que a tía Lola le cuesta trabajo aprender palabras simples en inglés, usar expresiones delante de ella resulta francamente peligroso.

—*Becky has a green thumb* —exclama mami un día al entrar con un ramito de albahaca que le regaló la vecina, lo que en español quiere decir literalmente que Becky tiene un pulgar verde.

—¡Emergencia! —grita tía Lola—. ¡Podría tener gangrena!

Va corriendo por el teléfono. Mami le ha enseñado a marcar el 911 en caso de una emergencia.

—¡No, no, tía Lola! —mami la detiene. La frase es una expresión en inglés que quiere decir que Becky tiene buena mano con las plantas.

Entonces, ¿por qué no lo dijo?, pregunta tía Lola, quien por esta vez se muestra muy razonable.

En la tarde de la primera tormenta eléctrica, Juanita

y Miguel están jugando afuera. Entran corriendo a la casa, empapados.

—¡*It's raining cats and dogs!* —exclama Miguel en inglés al quitarse su chaqueta, usando el refrán popular en inglés para cuando llueve fuerte: «está lloviendo gatos y perros.»

—¡No me diga! —dice tía Lola y sale corriendo con una escoba para ahuyentar a gatos y perros callejeros del jardín de enfrente. Se resbala en los escalones mojados y cae rodando escaleras abajo. Por suerte sólo la escoba se parte en dos, aunque a la mañana siguiente, tía Lola tiene todo el costado derecho lleno de moretones.

Mamá todavía no ha decidido si les dará permiso a Miguel y a su hermana de visitar a papá en Nueva York.

—Mami, por favor, antes de que comiencen los entrenamientos —suplica Miguel. En unas cuantas semanas, el equipo entrenará a diario y Miguel no quiere faltar ni un día.

Pero mamá no está del todo convencida. Tía Lola aún no entiende suficiente inglés. Viajar con ella sería como viajar con un adulto que realmente no podría cuidarlos si surgiera algún problema. Además, ya que Miguel y Juanita se pelean todo el tiempo, no se puede confiar en ellos para viajar juntos a ningún lado.

—Prometo que lo intentaré —ofrece Miguel. Es capaz de cualquier cosa con tal de visitar a papá y a sus amigos y volver a ver la ciudad de Nueva York. Aun si eso significa tener que llevarse mejor con su hermanita.

—Primero tengo que ver una mejoría —declara mamá.

Miguel encuentra a su hermana en la habitación. Juanita está poniendo sus muñecas en las cunas que le hizo papá. Las cunas son de cartón y están decoradas con dibujos de colores vivos. Cada vez que papi viene de visita, le trae una nueva.

—¡Hagamos las paces, Nita! —Miguel levanta las manos—, lo digo en serio. Puedes quedarte con el cielo, el dinero, el carro . . . todas las palabras terminadas en *o* que quieras.

Juanita levanta la vista y lo mira con desconfianza. ¿Puede quedarse con el cielo, el dinero y el carro?

Miguel asiente, pero se da cuenta de que ella no sabe qué pensar de su repentina generosidad. Entonces decide decirle la verdad.

—Mami no nos va a dejar ir a Nueva York, a menos que vea que nos llevamos bien. Y otra cosa. Tenemos que lograr que tía Lola diga correctamente aunque sea unas cuantas frases en inglés, para que a mami le inspire más confianza.

—¿Cómo lo vamos a lograr? —dice Juanita al tiempo que abandona sus muñecas para idear un plan con su hermano. Permanecen en silencio por un momento, pensando.

—Ya sé, ya sé —salta Juanita—. Haremos como la mujer policía del cruce de peatones. Dibujemos unas tarjetas y se las enseñaremos a tía Lola cuando mami esté cerca.

—¡Qué buena idea! —dice Miguel, antes de darse cuenta que se le ha ocurrido a la tonta de su hermana.

Dibujan un plato junto a una señal roja de pare. Le explican a su tía que cuando le muestren esa tarjeta, ella debe decir en inglés «No me cabe ni un bocado más».

I-can't-eat-another-bite —practica tía Lola.

—Muy bien, tía Lola —dice Miguel. *Very good.*

En otra tarjeta, Juanita dibuja un jarrón parecido al tazón del inodoro. Lo colorea de rosado. Cuando tía Lola vea esa tarjeta, debe preguntar por el servicio de señoras—. *Where is the ladies' room?*

En otra tarjeta más, dibujan un enorme sol brillante con una carita sonriente.

—¡Qué tenga un buen día! —dice Miguel en inglés.

—¡*Have-a-nice-day*! —repite tía Lola, sonriendo a la carita—. *Where-is-the-ladies'-room-I-can't-eat-another-bite.*

—¡No, tía Lola! —explica Juanita—. Una frase a la vez.

Juanita levanta un dedo y Miguel le muestra una tarjeta. Lo practican varias veces.

Por fin, tía Lola comprende lo que debe hacer. Miguel y Juanita se sienten satisfechos. Mamá siempre dice que la lengua más fácil de aprender pero la más difícil de hablar es la de la «mutua comprensión». Es fácil porque ni siquiera hay que usar palabras, pero difícil porque parece imposible encontrar a la persona adecuada con quién practicarla.

En el Restarurante Rudy's, durante el desayuno tardío de ese domingo mamá felicita a Miguel y a Juanita por llevarse tan bien últimamente.

—Estoy muy orgullosa de ustedes porque han hecho un esfuerzo.

Es sólo un complot para que nos dejes ir a Nueva York, quiere decir Miguel. Pero, en realidad, llevarse bien con su hermanita no está tan mal.

Al otro lado de la mesa, tía Lola engulle con el tenedor los *pancakes* que Rudy ha preparado. Es hora de llevar a cabo el segundo paso del plan.

Miguel se mete la mano al bolsillo. Está sentado junto a mamá, de manera que ella no puede verle la mano izquierda. Levanta la tarjeta con el dibujo de un plato y una señal de alto, y tose.

Tía Lola levanta la vista y sonríe al ver la tarjeta.

—*I can't eat another bite* —dice en un inglés perfecto. Pero sigue devorando sus *pancakes*.

De inmediato, Miguel agarra el plato de tía Lola y ofrece terminarlo. Antes de que tía Lola pueda protestar, saca la tarjeta con el inodoro rosado.

—¿*Where is the ladies' room?* —pregunta tía Lola en voz alta.

—*Just follow me* —dice la mesera, que pasa de casualidad.

Pero tía Lola se queda sentada.

—Vamos, tía Lola —le ruega Juanita, tomándola de la mano—. Yo también tengo que ir al baño —Tía Lola parece estar confundida, pero le sigue el juego.

La mamá de Miguel las sigue con la mirada, hacia el fondo del restaurante.

—Sí que ha mejorado el inglés de tía Lola —advierte pensativa.

Ese es el momento de lanzar la pregunta clave. Miguel respira hondo.

—Así que, mami, ¿nos das permiso de ir a Nueva York?

En la expresión de mamá, Miguel puede ver reflejados unos sentimientos encontrados. Los extrañará, pero sabe que es importante dejarlos ir. Lo mira por un largo rato y luego su expresión se relaja. Él comprende que eso quiere decir sí.

—Las vas a cuidar bien, ¿verdad, Miguel? —le pregunta mamá, señalando a tía Lola y Juanita, que regresan del cuarto de baño.

—Por supuesto que sí, mami —promete Miguel.

Cuando su hermana se sienta, Miguel la mira y sonríe. Ella le sonríe a su vez. ¡Están hablando la lengua de la mutua comprensión sin tener que decir una sola palabra! *Vamos a ir a Nueva York*, quiere decir esa mirada.

¡*Me muero de ganas!* responde Juanita con su sonrisa.

Rudy sale de la cocina para saludarlos. Ha estado abrumado con la numerosa clientela del almuerzo y por fin tiene un rato libre. Le alborota el pelo a Miguel y le pregunta a tía Lola si le gustaron sus *pancakes*.

—Por cierto, ¿puedo ofrecerles una pedazo de mi especialidad de verano, el pudín de chocolate, cortesía de la casa?

—*I can't eat another bite* —dice mami, mientras se agacha y recoge un par de tarjetas que se cayeron al suelo—. Creo que estas son tuyas —dice, guiñándole un ojo a Miguel. Luego pone las tarjetas en la mesa: una señal roja de pare y un inodoro rosado—. Por cierto —le pregunta a Juanita, como si no lo supiera—, ¿*where is the ladies' room*?

Capítulo seis

Tres días alegres en New York

Por fin, a finales de junio, Miguel y Juanita van a la ciudad de Nueva York para visitar a papá. Toman el tren, acompañados de tía Lola. Cuando llegan a la estación Pensilvania, papá los está esperando. Se abrazan y se ríen y le cuentan de su emocionate viaje, de las pacas de heno amarillo ocre que vieron en el camino, los establos rojo cadmio, las vacas color ocre natural y el Río Hudson. Cuando se apacigua el alboroto, papá mira a su alrededor.

—¿Adónde se fue tía Lola?

—¿Adónde se fue tía Lola? —repite Juanita, como tía Lola en sus clases de inglés.

—Sí, ¿adónde se fue tía Lola? Estaba aquí mismo, con nosotros.

Y allí está su maleta, ¡pero tía Lola no aparece! Papá se ve preocupado. Si mamá se entera, dirá que es típico de él dejar que su tía se pierda en Nueva York. Quizá no permita que Miguel y Juanita vengan a visitarlo otra vez.

—¡Tía Lola! —gritan, pero el murmullo de la multitud ahoga sus voces.

—Hay que mantener la calma —dice papá, levantando la voz, que suena muy contrariada—. ¿Ella tiene mi dirección, verdad?

—No estoy seguro —responde Miguel. Mete la mano al bolsillo y saca el papelito donde mamá anotó el teléfono y la dirección de papá—. Pero creo que no.

Empiezan a caminar y la buscan en todas las tiendas de alrededor. Miguel incluso llama a su tía por las bocinas, como el día en que llegó al aeropuerto de Burlington. Pero tía Lola no se presenta en la caseta de información. Esta vez, realmente se ha perdido.

Una hora más tarde, deciden que ha llegado el momento de hacer algo más. Hacen un informe en el destacamento de policía de la estación Pensilvania. Después van al apartmento–taller de papá a esperar a que llame la policía. En el instante en que abren la puerta del taller, suena el teléfono.

—Ah, hola, Linda, ¿qué tal? —dice papá, tratando de ocultar su preocupación. Tapa el teléfono con la mano y mueve los labios en silencio, «Su mamá». Mientras escucha, cierra los ojos y hace un gesto de dolor.

—Lo siento muchísimo. Los muchachos y yo . . . —

Papá aleja el teléfono del oído para no tener que escuchar.

—Voy a colgar ahora para que la línea esté desocupada cuando ella llame.

—Tía Lola llamó a su mamá en Vermont —explica después de colgar—. Supongo que sabía el número de memoria —Miguel y Juanita asienten—. Su mamá le dio mi número. Tía Lola va a llamar aquí. Le podemos pedir que lea los letreros de las calles dónde está y podemos ir a buscarla —trata de parecer optimista—. Su mamá está muy disgustada.

Miguel se siente mal. Después de todo, le prometió a mamá que cuidaría de su hermanita y su tía.

—No fue tu culpa, papi.

—Vayan y díganselo a su mamá —suspira papá.

—Así lo haremos —dicen Miguel y Juanita, casi al unísono. Pero luego Miguel se pregunta si realmente servirá de algo, o solamente los meterá en un lío más grande.

Suena el teléfono.

—¡Tía Lola! —grita papá al teléfono—. No te preocupes.

Le dice que irán a buscarla. Lo único que ella tiene que hacer es salir de la caseta y leer los nombres de las calles. Debe haber dos letreros en la esquina. Papá parece aliviado. Se le han borrado las arrugas de preocupación de la frente.

Pero al minuto, las arrugas vuelven.

—No, no, no, tía Lola —Papi tapa el teléfono con la mano—. ¡Me dice que está en la esquina de *«Stop»* y *«One Way»*! Cree que «Alto» y «Una Vía» son los nombres de las calles.

Miguel agarra el teléfono.

—Quizá yo pueda explicárselo mejor. Le he estado enseñando a reconocer los nombres de las calles en Vermont.

—Hola, tía Lola —comienza Miguel. Con mucha calma, le explica que los letreros que ella ha mencionado son indicaciones para los conductores. ¿Se acuerda cómo en Vermont también habían practicado cómo leer los nombres de las calles en cada esquina?

Antes de que tía Lola pueda responder, se oye una voz mecánica que dice que hay que poner otra moneda en el teléfono, o la llamada será interrumpida. Miguel oye caer las monedas dentro de la máquina. ¡Tía Lola ha entendido sin que necesite su traducción!

—Yo comprendo —dice su tía—. Un momento, Miguel.

Miguel espera y papá espera y Juanita espera y mamá en Vermont espera a escuchar que han encontrado a tía Lola, que regresa al teléfono con los nombres de las calles:

—Estoy en la calle Treinta y Cuatro y la Quinta Avenida— Está en la *Thirty-fourth* y *Fifth Avenue*. Ve un edificio muy, muy, pero muy alto ¡cuyo último piso debe estar a las puertas del Cielo!

—Quédate allí, tía Lola —le dice Miguel—. Vamos por ti.

Cuando llegan al edificio Empire State, ven a tía Lola junto a una caseta telefónica, saludándolos con la mano. Miguel y Juanita corren por la calle hacia ella.

—Mi culpa —dice tía Lola.

Nunca ha visto cosas semejantes. Empezó a caminar y a mirar a su alrededor y en poco tiempo estaba perdida.

—¿Qué tal si vamos a comer algo? —pregunta aliviado el papá de Miguel.

—Primero tenemos que hacer otra cosa —dice Miguel. Entra a la caseta telefónica y toma el teléfono. Cuando mamá contesta en Vermont, Miguel le habla en español, pues sabe que eso la pondrá de buen humor—. Hola, mami. Encontramos a tía Lola. No te preocupes.

Y luego, en voz muy baja, de modo que nadie más pueda oírlo, susurra—: Te quiero mucho.

—¿Qué quieren hacer hoy? —papá les pregunta a la mañana siguiente. Todos han dormido muy bien después de las emociones fuertes de la tarde anterior.

—Quiero ver a mis amigos e ir a un juego de los Yanquis —dice Miguel—. José dice que hoy juegan.

—Yo prefiero ir al zoológico a ver los pingüinos.

—El zoológico es cosa de niños —le dice Miguel a su hermana.

—¡Soy una niña! —declara Juanita—. Y tú también eres un niño.

—¡No es cierto! —Miguel se estira cuan alto es.

Papá está sentado en un banco, al lado de uno de sus cuadros. Pone los ojos en blanco y suspira.

—Había olvidado . . . —declara, sin dirigirse a nadie en particular— . . . los felices pasitos ligeros de los piecitos . . .

Tía Lola aparece por detrás del biombo que divide el «cuarto» de huéspedes del resto del apartamento–taller. Tiene el moño torcido y se restriega los ojos.

—Buenos días —dice, mirándolos de uno en uno. Escuchó que levantaban la voz. ¿Qué pasa? ¿Están discutiendo los niños otra vez?

—Miguel dice que ya no es un niño —Juanita le informa.

—Miguel es un hombrecito —tía Lola le da la razón a su sobrino. Mira nada más cómo nos sacó del apuro ayer.

—Juanita quiere ir a un zoológico tonto —dice

Miguel, sintiéndose respaldado—. ¿No preferirías ir a ver un juego de béisbol que ir al zoológico, tía Lola?

—Vamos al zoológico, tía Lola —suplica Juanita—. ¡Por favor!

Tía Lola lo piensa por un momento. Ya que tienen tres días en Nueva York, ¿por qué no dejar que cada uno escoja un día para hacer su cosa preferida?

—¿Qué te parece, Daniel?

A papá le parece una magnífica idea.

—Comenzaremos con la idea de Miguel, pues creo que hoy hay un juego de los Yanquis; mañana, que es el turno de Juanita, pasaremos el día en el zoológico. Tía Lola puede pensar en algo para el último día, antes de que tomen el tren de regreso al final de la tarde.

—¿Y tú? —le pregunta tía Lola a papá.

—Se me ha concedido mi deseo al tenerlos a los tres aquí conmigo —explica—. Pero una cosa, muchachos: sus abuelos tienen muchísimos deseos de verlos.

—¿Qué vas a querer hacer en tu día, tía Lola? —Juanita quiere saber.

Tía Lola niega con la cabeza. No necesita un día. Hagan lo que hagan, la pasará muy bien. Le sonríe a Juanita. Le guiña un ojo a Miguel.

A veces, no se sabe realmente de qué lado está tía Lola.

* * *

La tarde se pone nublada. Cuando salen, está lloviznando.

—¡Sin gatos, ni perros! —dice tía Lola, riendo. El inglés de tía Lola está mejorando mucho.

Toman el *subway* al estadio de los Yanquis, donde se encuentran con los amigos de Miguel: José y su hermano mayor, Leonel. A pesar de la lluvia, la cola de entrada se extiende hasta el estacionamiento. Finalmente consiguen boletos. Sus asientos están en la parte más alta de la gradería. Para el caso podrían estar en una avioneta mirando hacia abajo al diamante de béisbol.

Cuando los Yanquis salen a jugar, Miguel y José se paran en sus asientos, se llevan los dedos a la boca y pitan. Cada vez que a una figura borrosa con rayas le toca batear, tía Lola abraza a sus sobrinos y riega las palomitas de maíz que han comprado, hasta que casi no queda nada en el cubo. Todos parecen estar pasándola muy bien. Hasta Juanita, que brinca cada vez que los Yanquis hacen un *hit*. Ha decidido que, después de todo, realmente le encanta el béisbol.

De camino a la casa de papi, paran a comer pizza. Miguel tiene que admitir que no está tan buena como la pizza de tía Lola, pero no importa. Está sentado frente a uno de los mejores amigos que tiene en el mundo y los Yanquis han ganado.

Cuando llegan a casa esa noche, el teléfono está sonando.

—¿Por qué no contestas tú? —dice el papá de Miguel, asintiendo con la cabeza—. Ha de ser tu mamá. Querrá saber en qué lío los he metido hoy.

Miguel contesta el teléfono. Papá debe de ser adivino.

—Hola, mami —dice alegremente—. Hoy fuimos a un juego de los Yanquis. José también vino. Fue muy emocionante —pero después, como mami se oye tristona al otro extremo, agrega—: Las palomitas estaban rancias. No, no, eso no fue *todo* lo que cenamos. A Juanita le dio laringitis de tanto gritar. Llovió.

Esa noche, antes de acostarse, papá les muestra su último cuadro.

El fondo es de un gris pálido, pero casi no se puede ver lo gris entre las explosiones de pinceladas rojas y doradas y moradas; parecen los fuegos artificiales del Cuatro de Julio, el día de la independencia de los Estados Unidos. Miguel está seguro de que papá los va a empezar a interrogar sobre los nombres de los colores.

Pero, en lugar de eso, papi pregunta:

—¿Qué les parece?

—¿Qué es? —Miguel quiere saber.

—Usa tu imaginación. ¿Verdad, papi? —dice Juanita.

—Quiero decir, ¿cómo se llama? —dice Miguel, haciéndole gestos a su hermana.

—La verdad, tiguerito, es que se llama *Sin Título* —dice papá, sonriendo—, pero quizá a ti o a Juanita les gustaría ponerle un título. ¿Por qué no hacemos un concurso, eh? Piénsenlo en los próximos días, para ver cómo le ponemos.

—¿Y qué recibirá el ganador? —pregunta Miguel.

—Vamos a ver —papá lo piensa un momento—. Un viaje con todos los gastos pagados a Nueva York, con el hermano o hermana que ustedes escojan.

—Si yo gano, ¿puedo invitar a un amigo en cambio? —pregunta Miguel.

El día siguiente está soleado y templado. Un día ideal para ir al zoológico. Juanita invita a Ming, su mejor amiga del primer curso de primaria, a que los acompañe.

Visitan los pingüinos y Juanita señala con animación a las crías que están aprendiendo a caminar y se tambalean como patos en fila india, detrás de mamá y papá. Miguel tiene que reconocer que es bastante divertido verlos con sus esmóquines, como si fueran meseros de un restaurante de lujo.

—Me da una hamburguesa bien cocida con queso, unas papas fritas y una Coca —dice, dando un golpecito a la vitrina. A Ming le parece tan gracioso el comentario de Miguel, que lo repite en la jaula de las serpientes.

Después del almuerzo van a ver a los delfines, el animal favorito de Miguel. Se cuelga del pasamanos y ve saltar un delfín a través del aro del amaestrador. Algún día, cuando se canse de ser un jugador de béisbol de las grandes ligas, le gustaría ser amaestrador de delfines.

Cuando termina el espectáculo de los delfines, Miguel dice:

—Vamos a donde los tigres, mi otro animal favorito —Después de todo, papá lo ha apodado *tiguerito*, o sea, pequeño tigre.

—Oye, ¿qué te parece si dejamos que tu hermana decida? Recuerda, hoy es su día.

—Está bien, papi —dice Juanita—. El zoológico es cosa de niños. Deja que Miguel se divierta.

—¡El zoológico es cosa de niños! —repite Ming, entre risillas, mientras las dos niñas se toman de la mano y dan saltitos hasta llegar a los tigres.

A la mañana siguiente, toman el *subway* para ir a ver al abuelito y la abuelita. Papi y sus padres llegaron a los Estados Unidos cuando papi tenía solamente siete años, la edad de Juanita. Durante veintinueve años sus papás han vivido en Brooklyn, donde todavía son dueños de una bodega repleta de productos de la República Dominicana.

En cuanto salen de la estación del *subway*, tía Lola

aguza el oído. ¡Todo el mundo habla español! Su moño parece más alto. Su pintalabios brilla más rojo. El lunar que tiene junto a la boca guiña como una estrella. Es como si estuviera de vuelta en la isla.

Caminan a lo largo de muchas cuadras sin escuchar una sola palabra de inglés. La mayoría de las tiendas exhiben su mercancía en las calles. Hay vestidos de colores muy vivos colgados de percheros en la acera, y cajones que desbordan frutas y verduras tropicales que no han visto en meses en el supermercado Grand Union de Vermont.

—Aguacates, *avocados*. Plátanos, *plantains*. Auyama, *squash*. Piña, *pineapple*. Batata, *sweet potato* — recita tía Lola en español, seguido por el equivalente en inglés.

Mientras tanto, papi señala a uno y otro lado.

—Verde viridiana —adivina Miguel—, verde oliva, carmesí, violeta de dioxazina.

Papi les acaba de enseñar este último color. Para Miguel, dioxazina suena más a nombre de medicina que a un morado intenso y oscuro.

Más allá, encuentran a abuelito y abuelita sentados en sillas en la acera frente a su bodega. Miguel y Juanita corren hacia ellos.

Se besan y se abrazan y, después, como si hubieran olvidado que acaban de hacerlo, se besan y se abrazan otra vez.

—Cuéntennos de Vermont —dice abuelita. Y durante la siguiente media hora, eso es justamente lo que hacen Miguel y Juanita.

Finalmente, papi les dice:

—Recuerden, muchachos, hoy es el día de tía Lola. A ella le toca escoger qué vamos a hacer ahora. A ver, bueno, tía Lola, díganos ahora qué quiere hacer. ¿Tía Lola? ¿Adónde se ha metido tía Lola?

El papá de Miguel mira a su alrededor. Está angustiado. ¡Sería horrible perder a tía Lola por segunda vez en tres días!

Pero, no, allí está, en la calle, debajo de un letrero que dice SONIDOS DE QUISQUEYA y LAVANDERÍA TROPICAL. Tía Lola baila merengue con uno de los tenderos en la misma acera. Otras personas se unen al baile.

—Me parece que esto es exactamente lo que tía Lola quiere hacer en su último día en Nueva York —observa papá.

Al final de la tarde, camino a la estación del tren, pasan por el apartamento de papi a recoger sus maletas. Su cuadro nuevo, todavía sin título, está apoyado en el caballete.

—¡Ay!, hemos olvidado el concurso —dice papá—. ¿Cómo le pondremos?

Tía Lola no tarda mucho en dar su opinión. Los Yanquis, José, Ming, los pingüinos, el merengue en la calle, los colores, la diversión. Señala aquí y allá en el cuadro.

—*Tres días alegres en Nueva York* —sugiere.

Y luego, para presumir cuánto inglés ha aprendido en este viaje, traduce—: *Three Happy Days in* Nueva *York.*

—Ahora, les toca a ustedes, Miguel y Juanita —dice papá.

Pero a ninguno se le ocurre un nombre mejor para el cuadro, ni una manera mejor de describir su visita.

—Pues, ¡ya está! —dice papá, quitando el lienzo del marco y enrollándolo—. Tía Lola, acaba usted de ganar un viaje a Nueva York, con todos los gastos pagados, en compañía de sus sobrinos. Y un cuadro original del artista Daniel Guzmán.

—Creo que sería mejor que dejáramos el cuadro aquí —dice tía Lola, mirando a los sobrinos como pidiendo ayuda. No quiere ofender a papá. Pero a mamá no le va a caer en gracia tener *Tres días alegres en Nueva York* colgado en su casa en la finca de Vermont.

—Creo que es buena idea guardarlo aquí —dice Miguel.

—Sí, papi —confirma Juanita—. Así también lo podremos ver cuando volvamos, que será muy pronto.

De modo que el cuadro se queda en Nueva York. Pero Miguel, Juanita y su tía se llevan a Vermont el recuerdo de esos tres días alegres.

Capítulo siete

Dos meses alegres en Vermont

Los días largos, soleados y agradables del verano se suceden uno, tras otro, tras otro. Cada día es como un caramelo elegante en una envoltura dorada y azul.

Casi todas las noches, ahora que no hay clases, tía Lola les cuenta cuentos, a veces hasta muy tarde. Del tío que se enamoró de una ciguapa y nunca se casó. De la prima bonita que jamás se cortó el cabello y lo llevaba por doquier en una carretilla. Del abuelo cuyos ojos se volvieron azules cuando vio a su primer nieto.

Algunas noches, para variar, exploran la vieja casa. En el ático, detrás de las cajas de la familia, encuentran baúles cubiertos de polvo, llenos de cartas y fotografías amarillentas. Miguel descubre varias fotos desteñidas de un grupo de muchachos, en fila, con uniformes anticuados de béisbol. A excepción de las extrañas gorras, los pantalones a la rodilla y las medias largas, los que aparecen en las fotos bien podrían ser los jugadores de su equipo. Hay una foto de un muchacho con un guante de béisbol, que dice: «Charlebois, 1934».

Miguel trata de imaginarse al anciano gruñón del Restaurante Rudy's como el muchacho de sonrisa amable de la foto.

Pero no encuentra ni el más remoto parecido. Como el equipo no cuenta con un buen lugar para sus entrenamientos diarios, la mamá de Miguel sugiere que usen el campo de atrás de la casa.

—Pero primero deja que le escriba al coronel Charlebois, por si acaso.

El dueño de la finca vive en una casona blanca en el centro del pueblo. Ya les ha escrito una vez este verano, quejándose del «aspecto indigno de la vegetación», después de que tía Lola les diera a los cercos forma de piñas y cotorras y palmeras.

—¿Por qué no mejor lo llamas y le preguntas, mami? —dice Miguel. Después de todo, el equipo come ansias por comenzar los entrenamientos y pasarán varios días antes de que llegue una respuesta por escrito.

—Háblale tú —dice mamá, pasándole el teléfono.

Miguel marca el número que mamá le dicta de una tarjeta pegada en el tablero de anuncios de la cocina. El teléfono suena una, dos veces. El contestador automático hace un *clic* y una voz vieja y gruñona dice: «Habla el coronel Charles Charlebois. No me puedo molestar en venir al teléfono cada vez que suena. Si tiene algún mensaje, me puede escribir a Main Street # 27, Middlebury, Vermont, código postal 05753.»

—Vamos escribiendo esa carta, ¿no? —dice mami, quitándole el teléfono a Miguel.

Dos días después, la respuesta del coronel Charlebois está en el buzón. No lleva estampilla. Seguramente ha venido a dejarla personalmente.

«Será para mí un honor que el equipo se entrene en el campo de atrás de mi casa», responde con una letra temblorosa, como escrita en un carro en movimiento, por una carretera llena de baches.

—¡Un honor! —dice la mamá de Miguel, arqueando las cejas. Le traduce la carta a tía Lola, que se limita a asentir con la cabeza, como si todo el tiempo hubiera sabido que el coronel Charlebois es en realidad un buen hombre.

Y así, los amigos de Miguel vienen todos los días y el equipo juega al béisbol en el campo de atrás de la casa, donde sólo seis meses antes, Miguel (¿o acaso fueron las ciguapas?) escribió un gran mensaje de bienvenida para tía Lola. Dos veces a la semana, Rudy viene a entrenar al equipo. Juegan toda la tarde y después, cuando están acalorados y sudorosos, tía Lola los invita a entrar para tomar sus «frío-fríos», una especie de licuado de frutas con hielo. Mientras ellos sorben y se relamen, ella practica su inglés contándoles historias maravillosas sobre los peloteros dominicanos como Sammy Sosa y los hermanos Alou y Juan Marichal y Pedro y Ramón Martínez. Lo cuenta como si conociera a los jugadores en persona. Miguel y sus amigos están encantados.

Después de dos semanas de entrenamiento, el equipo vota y elige capitán a Miguel. Su amigo José, que ha venido de visita desde Nueva York, sustituye a quien haya faltado ese día. A tía Lola la nombran manager.

—¿Y qué hace el manager? —pregunta tía Lola.

—La manager nos prepara frío-fríos —responde el capitán Miguel.

Todos los días, después del entrenamiento, hay frío-fríos en una jarrón grande en la nevera.

Es un verano alegre . . .

Hasta que tía Lola decide pintar la casa de morado.

Miguel y sus amigos han estado jugando al béisbol en el campo de atrás, desde donde no pueden ver la casa, oculta detrás de los arces. Cuando regresan, al final del entrenamiento, levantan la vista.

—¡Ay, no! —grita Miguel.

La galería de enfrente es del color de un moretón. Miguel no puede evitar pensar en el violeta intenso y oscuro cuyo nombre le acaba de enseñar papá en Nueva York.

—Dioxazina —dice para sí. El resto de la casa todavía tiene el mismo color que la mayoría de las casas del pueblo. «Blanco reglamentario», lo llama papi cada vez que viene a verlos y pasa en carro por el pueblo.

De tacones y con un vestido floreado cuyos pétalos hacen juego con la galería, tía Lola está pintando la casa de morado a brochazo limpio.

Durante un breve instante, Miguel vuelve a sentir el escozor de la vergüenza que solían producirle las locuras de su tía.

—¡Qué maravilla! —dice su amigo Dean.

—¡*Cool*! —asiente Sam.

—¡Qué cul! —José le hace eco.

Saludan con la mano a tía Lola y ella también los saluda.

—¡Frío-fríos! —anuncia. Hoy escogió sabor a uva, en homenaje al nuevo color de la casa.

Para cuando la mamá de Miguel regresa del trabajo, él y sus amigos parecen haberle ayudado a tía Lola a pintar: tienen la boca morada. Cuando la abren para decir hola, asoman sus lenguas de un rosado morado.

—Vamos, vamos, ¿qué está pasando aquí? —dice mami, mirando a Miguel y luego a tía Lola. Parece como si estuviera a punto de llorar, y hace tiempo que no llora.

Finalmente tía Lola habla. ¿Acaso esos colores no le recuerdan a la isla?

—La casita de tu niñez.

Miguel ve que a mamá se le suaviza el rostro. Tiene una mirada lejana. De pronto, mami menea la cabeza e intenta reír.

—Al coronel Charlebois le va a dar un ataque. De hecho, nos va a echar de la casa.

—El coronel, no hay problema —dice tía Lola, señalándose a sí misma y a Miguel y a sus amigos. La mamá de Miguel los mira de uno en uno sin entender. Miguel y sus amigos asienten con la cabeza, como si entendieran perfectamente lo que trama tía Lola.

La tarde siguiente, cuando los amigos de Miguel entran a la casa después del entrenamiento, tía Lola les toma las medidas. Ha comprado tela con el dinero que el equipo recaudó y les está haciendo uniformes nuevos.

Cuando es el turno de Miguel, él se para junto a la marca que mamá hizo en el marco de la puerta en enero. ¡Ya creció una pulgada más!

—¿Tía Lola, qué trae entre manos? —insisten los muchachos del equipo—. ¿Vamos a quedarnos sin un lugar donde entrenar si el coronel Charlebois pide que le devuelvan la finca?

—No hay problema —insiste tía Lola. Sus labios se curvan como un anzuelo que ha pescado una amplia sonrisa.

—¿Vas a hacer magia? —le pregunta Miguel a su tía esa noche.

—La magia de la comprensión —dice tía Lola, guiñándole un ojo. Es capaz de mirar a alguien a la cara y ver dentro de su corazón.

Mira a Miguel a los ojos y sonríe esa sonrisa singular.

Mientras el proyecto de pintar la casa sigue adelante, varios vecinos llaman a la puerta.

—¿Qué le está pasando a tu casa? —el granjero Tom le pregunta a Miguel—. Creo que nunca he visto una casa morada. ¿Así se usa en Nueva York?

A sus vecinos de las fincas cercanas, Nueva York les parece un país extranjero. Cada vez que Miguel y su familia hacen algo raro, Tom y Becky creen que se debe a que vienen de «la ciudad».

—Yo tampoco he visto una casa morada en la vida —admite Miguel.

—Ni yo —agrega José—, ¡y eso que vivo en la ciudad!

—¡Yo sí la he visto! —opina Juanita, luciéndose.

—¿Dónde? —Miguel la desafía.

—En mi imaginación —sonríe ella.

Miguel ha tratado de seguir el ejemplo de tía Lola, buscando el lado bueno de la gente. Mira a Juanita directamente a los ojos, pero sólo ve a una hermana menor que se pasa de lista.

Una tarde, poco después de que José regresa a Nueva York, Miguel se dispone a alcanzar a sus compañeros de equipo en el campo de atrás. Al bajar las escaleras, hace una pausa en el descanso. Desde el ventanal se puede observar las fincas vecinas y más allá el pintoresco pueblito, típico de Nueva Inglaterra.

Por el camino de tierra que conduce a la casa viene un carro plateado que Miguel no reconoce. Justo antes de llegar a la finca, el carro toma un antiguo camino que pasa por la parte trasera del terreno. Se detiene tras unos fresnos y la puerta se abre.

Más tarde, cuando le toca batear, Miguel vislumbra un destello plateado entre los árboles. ¿Quién podría ser?, se pregunta. Piensa contarle a mamá acerca de ese extraño, pero finalmente decide no hacerlo. Quizá ella pensaría que se trata de un fugitivo merodeando por el bosque y no permitiría que el equipo siga entrenando en el campo de atrás.

* * *

La tarde siguiente, Miguel espía a través de las cortinas y ve el mismo carro plateado que vio ayer en el bosque. Éste se acerca lentamente por el camino que conduce a la casa. El entrenamiento de béisbol ha terminado, sus amigos se han ido y mamá no ha regresado del trabajo. Alcanza a oír la máquina de coser de tía Lola zumbando en la planta alta.

—¿Quién es? —Juanita está a su lado, colgada de su brazo. No queda rastro de su aire de suficiencia.

—Creo que es él . . . el coronel Charlebois —susurra Miguel. Ahora el carro está tan cerca que puede distinguir al anciano detrás del volante. El bonete tiene un adorno singular: un pequeño jugador de béisbol plateado, en posición de bateo—. Voy a decir que no hay nadie en casa —agrega Miguel.

Pero el coronel Charlebois no llama a la puerta. Se queda sentado en su carro, mirando fijamente la casa morada y blanca, durante unos minutos, y luego se marcha. Más tarde, ese mismo día, aparece una carta en el buzón. «A menos que a fin de mes la casa vuelva a estar pintada de blanco, lo tomaré como ocasión bienvenida para pedirles que se muden».

—¿Ocasión bienvenida para mudarse? —repite Miguel. Él le escribió «¡BIENVENIDA!» a su tía Lola cuando ella llegó. No suena correcto darle a uno la bienvenida para que se marche.

—Tenemos tres semanas para pintar la casa de blanco o mudarnos —dice mamá en la cena, con voz llorosa—. Yo también estoy desilusionada —le confiesa a tía Lola. Después de todo, le encanta el nuevo color. Aquella pintura blanca y descascarada hacía que la casa se viera triste y arruinada—. Pero, no quisiera mudarme otra vez — suspira.

Tía Lola le da palmaditas en la mano. Aún pueden hacer algo.

—¿Qué cosa? —le pregunta su sobrina.

Pueden invitar al coronel este sábado.

—Pero ese día tenemos nuestro primer gran juego —Miguel le recuerda a su tía. Tienen programado jugar contra un equipo del condado vecino.

Tía Lola le pica un ojo. Ya lo sabe.

—Pero tengo un plan.

Miguel debe decirle a sus amigos que vengan un poco más temprano para que puedan cambiar. . . .

—¿Cambiar qué? —pregunta la mamá de Miguel—. ¿El color de la casa?

Tía Lola niega con la cabeza. Cambiar un corazón endurecido. Va a necesitar más jugo de uva de la bodega.

El día amanece soleado y templado. El cielo sin nubes se extiende más y más y más allá, un azul infinito marcado por el destello de un avión, como una aguja que remienda un diminuto rasgón. Los árboles parecen cargados, a más no poder, de hojas color verde oscuro que susurran con el viento. En las fincas vecinas, el maíz está tan alto como los muchachos que juegan al béisbol en el campo sin cultivar. La hortaliza de tía Lola se parece a la paleta de óleos de papi. Pero ahora, después de siete meses de vivir en el campo, Miguel tiene sus propios nombres para varios colores: verde calabacín, amarillo auyama, rojo ají, carmesí frambuesa. Las berenjenas son moradas como la casa recién pintada. Es pleno verano. En pocas semanas, los arces de las montañas empezarán a cambiar de color.

Los amigos de Miguel y sus padres llegan pronto. Los muchachos siguen a tía Lola y a Rudy a la planta alta. Los padres se quedan en la planta baja, tomando frío-fríos de uva y hablando sobre el estado de sus hortalizas. Por último, el carro plateado aparece por el camino.

El coronel Charlebois se baja lentamente del carro. Se queda allí mismo, bastón en mano, mirando la casa. Una cuarta parte de la casa está morada. Las otras tres cuartas partes todavía estan blancas. ¿De qué color acabará siendo la casa entera?

Miguel mira al anciano desde una ventana de la planta alta. De pronto, tiene una sensación de pánico. ¿Qué tal si no funciona el plan de tía Lola? No quiere mudarse de esa casa que por fin se ha convertido en su hogar.

Siente la mano de su tía sobre el hombro.

—No hay problema, Miguelito —lo tranquiliza, como si pudiera leerle el pensamiento, aun sin verlo a los ojos.

El coronel Charlebois todavía está observando la casa cuando se abre la puerta principal. Una hilera de nueve muchachos sale con uniformes a rayas moradas y blancas, y gorras moradas. ¡Parecen brotar de la casa como retoños! Miguel va adelante, con una pelota de béisbol en la mano. Lo siguen tía Lola y Rudy, que sostienen un banderín que dice: LOS MUCHACHOS DE CHARLIE.

El coronel Charlebois mira fijamente a cada niño. Es difícil imaginar lo que está pensando. De pronto, suelta el bastón en el jardín de enfrente y exclama:

—¡A jugar pelota!

Está de pie, tembloroso, atento y sonriente. Miguel mira al anciano a los ojos y ve a un muchacho, con las piernas abiertas, el cuerpo inclinado hacia adelante y el brazo extendido, con un guante de béisbol.

Levanta el brazo y le lanza la pelota a aquel muchacho . . . y el viejo coronel la apara.

Capítulo ocho

La fiesta de cumpleaños de mami

La fiesta de cumpleaños de mami comienza siendo una pequeña fiesta sorpresa con unos cuantos amigos, bastante parecida a la fiesta de cumpleaños de Miguel, en marzo pasado.

Pero de pronto, se convierte en una fiesta de toda la cuadra como las que solían hacer en Nueva York. Excepto que aquí en Vermont, no hay cuadras propiamente dichas. Hay vecinos que tienen vecinos que tienen vecinos y, cuando te das cuenta, todo el condado está invitado a tu casa, a tu «pequeña fiesta sorpresa».

Hay otra razón por la cual la fiesta sigue creciendo y que no es culpa de Vermont: tía Lola. Es la persona más amigable que Miguel y Juanita hayan conocido jamás. Tía Lola habla con todo el mundo. «Para practicar mi ingles», explica, aunque la verdad es que simplemente tiene don de gentes.

Después de conversar con Reggie, el hombre del servicio postal UPS a quien hace meses no dejó entrar a casa, tía Lola sale persiguiendo la camioneta marrón por el camino de salida.

—¿Tienes planes para el treinta de agosto? —pregunta jadeante, cuando Reggie finalmente la ve por el espejo retrovisor y para la camioneta.

—Estaré aquí para la fiesta de su sobrina —responde Reggie—. ¿Adónde más?

Melrose, el funcionario del registro civil, responde lo mismo cuando tía Lola se lo pregunta. Y Ernestine, la encargada del taller de costura, y Johnny, el dueño del taller de mecánica, y Petey, el dueño de la tienda de mascotas, y las tres meseras del Restaurante Rudy's —Sandy, Shauna y Dawn—, y el marido de Shauna y la hermana de Dawn y el compañero de Sandy, que tiene un muy buen amigo . . .

En menos de dos semanas, más de setenta personas vendrán a la casa.

—Tenemos que preparar la fiesta de mami, tía Lola —le recuerda Miguel a su tía constantemente.

Pero tía Lola ni se inmuta. Se para frente a la casa, con la cabeza en alto, contemplando su obra maestra. Finalmente, la casa está pintada por completo, toda morada con molduras color salmón.

—Tal vez . . . quizá —tía Lola se pregunta en voz alta—, ¿le quedaría mejor el azul turquesa y el rosado encendido?

—En cuanto a la fiesta —Miguel intenta de nuevo—, tenemos que hacer los planes, tía Lola.

—¿Tú sabes lo que dicen de los planes? —dice tía Lola, picándole el ojo. ¡Hazlos, pero prepárate para no cumplirlos!

—Sí, ya lo sé —Miguel admite—: como ahora, cuando invitamos a diez personas y vendrán más de setenta.

—¡Exactamente! —dice tía Lola sonriendo, como si ella no tuviera nada que ver con el asunto.

Un sábado por la mañana, mientras mami se entretiene en la planta baja, tía Lola finalmente convoca una reunión secreta para hacer planes en su habitación. Lleva su gorra de béisbol morada de Los Muchachos de Charlie sobre el moño alto y tiene en la mano una tablilla con sujetapapeles, como si les estuviera asignando posiciones a los jugadores del equipo.

—Diecisiete . . . treinta y ocho . . . setenta y cinco —cuenta. De pronto, levanta bruscamente la cabeza. ¡Habrá setenta y cinco invitados en la fiesta de mami! ¡No cabrá tanta gente en la sala!

—Traté de decírtelo —suspira Miguel, que se cruza de brazos y le lanza una mirada cortante a su tía.

—¡Ya sé! ¡Ya sé! —Juanita levanta la mano y la sacude en el aire, como si estuviera en la escuela y tuviera que pedir permiso para hablar—. ¿Por qué no hacemos la fiesta en el campo de atrás de la casa?

—¡Muy buena idea! —dice tía Lola, marcando «lugar de la fiesta» en la lista de su tablilla.

Miguel menciona otro problema.

—¿Cómo vamos a cocinar para tanta gente? Mami se dará cuenta si nos ve preparar toda esa comida en casa.

—Déjame pensar un momentico —dice tía Lola.

Cuando tía Lola piensa, uno casi puede ver su pensamiento. Sus cejas pintadas se mueven lentamente hacia el centro de la cara, poniendo el ceño de pensador. Y justo cuando crees que van a chocar una con la otra y convertirse en una sola ceja, da un brinco y dice, «¡Ajá!» y alguna «gran idea» sale de su boca.

Pero esta vez, de su boca no sale más que un hondo suspiro. Tampoco sale nada de la boca de Juanita, ni de la de Miguel. No saben cómo resolver este problema.

El teléfono suena en la planta baja. Mamá contesta.

—Ah, hola, Rudy. Sí, enseguida te la paso . . . ¡tía Lola! —llama mami por las escaleras.

Miguel, Juanita y tía Lola se miran y exclaman—: ¡Ajá!

* * *

—Me parece que tu tía y Rudy se han encariñando mucho el uno con el otro —mamá les hace una observación a Miguel y a Juanita unos días más tarde.

—¿Tú crees? —dice Miguel, fingiendo sorpresa.

—Se la pasa todo el tiempo en el restaurante. Quizá termine casándose, después de todo —mamá sonríe, como si lo hubiera planeado desde un principio—. ¿Y por qué no? El pobre Rudy lleva cinco años viudo. Y en cuanto a tía Lola, bueno, pues le haría mucho bien estar acompañada.

Miguel recuerda que una vez mamá le dijo que tía Lola era muy susceptible en cuanto al tema del matrimonio.

—Mami —pregunta—, ¿por qué tía Lola nunca se casó?

La mirada de mamá se vuelve triste y pensativa.

—¿Recuerdan que les conté que mi mamá murió cuando yo tenía apenas tres años? Bien, pues ella tenía una hermana menor, tía Lola. Cuando mami murió, tía Lola se hizo cargo de mí. Quizá estaba demasiado ocupada siendo mi madre como para encontrar marido.

Miguel y Juanita parecen muy sorprendidos. Es posible ser mamá sin ser realmente *la* mamá. Es posible ser familia aunque tus papás ya no estén casados.

Según el último recuento, mañana vendrán setenta y siete personas. Miguel y Juanita desean con todas sus ganas agregar una persona más a la lista de invitados.

—Tienen que recordar —les dice el deseado invitado número setenta y ocho, esa noche por teléfono—, que es el cumpleaños de mamá, no el de ustedes.

—Pero no va a ser igual sin ti, papi —dice Miguel, bajando la voz.

En la sala, su mamá está recibiendo un masaje de su amiga Stargazer, en la víspera de su cumpleaños. A Miguel y a Juanita, Stargazer les parece como una hippy, con sus faldas largas floreadas y sus túnicas de telas naturales, su cabello ondulado y sus argollas. Pero Stargazer dice que ya no es una hippy sino una nativa-americana-irlandesa-armenia con la luna en Cáncer. Es mejor no darle cuerda a Stargazer o el masaje de mami se echa a perder con demasiada conversación.

—No entiendo por qué no puedes venir —le dice Juanita a papá. Ella está en el teléfono de la planta alta.

—Allí estaré —dice papi—. En serio. Levanten la vista y verán una pincelada blanca en el cielo, y ése seré yo, muy cerca de ustedes.

—¿Blanco de titanio? —adivina Juanita con una vocesita desde su extensión.

—Sí, mi amor —dice papi. Su voz suena tan apagada como la de ella.

Pero a Miguel, la promesa de papi le parece tonta.

Cosa de niños. Como pedirle un deseo a una estrella. Ahora él es el capitán de un equipo de béisbol. Ha ayudado a planear toda una fiesta sorpresa y mamá ni siquiera lo sospecha. Ya está muy mayorcito como para creer que los deseos se vuelven realidad a fuerza de desear.

Esa noche, le dicen a tía Lola lo tristes que se ponen cada vez que hay una celebración familiar y papi —o mami— no están.

—Cuando realmente amas a alguien, no lo pierdes nunca —les dice—. Lo llevas adentro en el corazón.

Puede que así sea, pero aún así duele que papi no esté.

Para subirles el ánimo, tía Lola menciona la fiesta de mañana.

—Hoy acabo de invitar al número setenta y ocho.

—¡Tía Lola! —exclaman Miguel y Juanita.

—Es alguien indispensable —explica tía Lola—. El hijo del Rudy . . .

—¡No, tía Lola! —insisten Miguel y Juanita.

—Este hijo tiene un negocio —continúa tía Lola—. Instala carpas para bodas y fiestas.

Miguel y Juanita todavía están negando con la cabeza cuando por la ventana escuchan las primeras gotas de lluvia que caen sobre las hojas de las algarrobas.

* * *

Temprano, a la mañana siguiente, Miguel se incorpora en la cama y mira por la ventana. Está lloviendo fuerte, como si las hojas necesitaran tomar un buen baño antes de vestirse con los colores del otoño. ¡Después de tantos planes, la fiesta se echará a perder! ¿Será que a papi se le ha ido la mano al poner la pincelada blanca en el cielo?

Cuando Miguel baja a la cocina, tía Lola está preparando el desayuno de cumpleaños de mami. Juanita está de pie, tras la puerta, mirando la cortina de lluvia. Dos lágrimas se suman al trillón de gotas de lluvia que caen fuera.

—No se preocupen —los tranquiliza tía Lola—. Todo va a salir bien.

Justo entonces, mamá entra al cuarto.

—¿Qué va a salir bien? —pregunta, mirando de uno en uno.

—Tu desayuno de cumpleaños —dice enseguida tía Lola. Pone en la mesa uno de los platos preferidos de mami: mangú con cebollitas fritas, hecho con los plátanos que Rudy le encargó especialmente a su distribuidor de Boston—. Feliz cumpleaños —canta ella. Miguel y Juanita la acompañan.

—¡Qué maravillosa sorpresa! —dice mamá. Miguel y Juanita intercambian miradas, pensando en la sorpresa mucho más grande que le espera.

—Nuestro regalo vendrá más tarde —explica tía Lola, asintiendo con la cabeza hacia Miguel y Juanita.

Han decidido que después de la fiesta sorpresa, irán en carro al lugar preferido de mamá en las Sierras Green Mountains.

—Ya no necesito otro regalo —dice mamá, tratando de contener las lágrimas de la felicidad—. ¡Esto ya es tan especial!

—Lo único malo es la lluvia —observa Miguel—. Habíamos pedido un día agradable para tu cumpleaños—. Trata de sonar de buen humor, aunque no puede ocultar su decepción.

—El día es justo como lo quería —responde mamá—. Me encantan los días lluviosos. Deseaba un día así para mi cumpleaños.

Miguel y Juanita se miran, sorprendidos. Luego miran a tía Lola, que les pica un ojo como si supiera de antemano que junto con las cebollitas y el puré de plátanos, mamá quería un día lluvioso para su cumpleaños.

Un poco más tarde, Stargazer pasa por la casa. Necesita que Linda le aconseje cómo exhibir una nueva línea de inciensos en su tienda. Salen juntas y, cuando mami está de espaldas, Stargazer les hace a Miguel y Juanita la V de la victoria con los dedos. Su plan está funcionando.

Tan pronto como se alejan en el carro, todos en la casa se ponen en marcha. Sacan los platos. Ponen los te-

nedores y las cucharas en canastillas. Hacen torres incli-
nadas con las servilletas. ¿Dónde están las vejigas?

Cerca de las diez, una camioneta se detiene en la casa
morada de la calle Charlebois. El chofer corre hasta la
puerta bajo el aguacero. Tiene una amplia sonrisa ligeramente familiar y está despeinado. Usa tenis y una corbata de lacito roja que hace que su cara parezca un regalo
atado con una cinta.

—Traigo algo para ustedes —le dice a Miguel—.
¿Dónde lo dejo?

—Póngalo dentro —dice Miguel y se apresura a volver a entrar en casa.

—Es demasiado grande para meterlo en casa —le
grita el hombre, pero Miguel ya va a medio camino por
el pasillo y no lo oye. Muy pronto llegará Rudy con los
sabrosos platos y pastelitos que tía Lola ha estado preparando en el restaurante. Al mediodía, los invitados comenzarán a llegar por montones. Media hora más tarde,
Stargazer regresará con mamá. Miguel y Juanita se apresuran por aquí y por allá, moviendo los muebles contra la
pared para hacer más espacio. Como sigue lloviendo,
han decidido tener la fiesta adentro.

—Necesitamos que tía Lola nos ayude a mover el
sofá —le dice Miguel a Juanita.

—¡Tía Lola! —ambos gritan—. ¡TÍA LOLA!

Pero tía Lola no puede oírlos. Está en el campo de

atrás, bajo la lluvia, ayudando al hombre de la corbata de lacito y a sus tres ayudantes a montar la enorme carpa blanca.

Juanita mira por la ventana del descanso y ve tres picos blancos que resaltan sobre los arces.

—Mira, ¡ése debe ser el hijo de Rudy! —le grita a Miguel.

¡Después de todo, no tendrán que apretujarse en casa! Menos mal que vino el invitado número setenta y ocho, aunque no haya sido papi.

Los carros se acercan por el camino de entrada y se dirigen al campo de atrás. Los vecinos se estacionan y salen, lanzando exclamaciones entre los charcos, y llevan regalos y paraguas. Luego entran a la carpa blanca, donde esperan y conversan entre sí. Es el final del verano. Hablan sobre qué tipo de invierno les espera en los próximos meses.

Al fin, por encima del sonido de la lluvia, escuchan un carro que se aproxima.

—¡Prepárense! —advierte tía Lola. Se hace un silencio repentino dentro de la carpa.

Miguel y Juanita miran a su alrededor para asegurarse de que todo esté en orden. Bajo una de las piñatas con forma de mariposa, Rudy y tía Lola están inflando las últimas vejigas moradas y rosadas. El coronel Charlebois, vestido con su nuevo uniforme de béisbol a rayas moradas y blancas en lugar de su viejo uniforme militar verde olivo, llena y vuelve a llenar el recipiente de las palomitas de maíz, vaciado constantemente por el equipo de Miguel. Sus vecinos Tom y Becky están agachados a ambos lados de una ovejita que tiene un lazo rosado y una etiqueta de regalo. Las amigas de Juanita han terminado de arreglar los regalos en una pirámide al centro de la carpa. Al fondo, Reggie consulta con la señora Prouty sobre cuáles CDs poner en el estéreo portátil de ella. Melrose y Petey amarran las últimas cuerdas de la carpa.

¿Será posible que hayan hecho tantos amigos en tan sólo ocho meses? Parece que se ha reunido todo el condado. Les habría encantado que papá hubiera venido para esta gran fiesta.

Justo detrás de la carpa se abre la puerta del carro. Mamá se baja y tiene cara de asombro.

—¡Sorpresa! —gritan todos. Y entonces tía Lola y Rudy sueltan las vejigas que tienen HAPPY BIRTHDAY escrito en grandes letras blancas.

Al levantar la vista, Miguel y Juanita se llevan su propia sorpresa. Sobre sus cabezas la carpa blanca se extiende como una amplia pincelada blanca (¡blanco de titanio!), manteniéndolos secos mientras la lluvia de cumpleaños de mami cae sin parar.

Capítulo nueve

EL mejor Lugar del mundo

Cuando se van los últimos invitados, deja de llover. Las nubes se apartan y se convierten en papeles que el viento barre. La puesta del sol será gloriosa.

Juanita y Miguel, mamá y tía Lola se suben al carro. Pasan frente a la última casa del pueblo y ascienden por la sinuosa carretera de montaña. El aire se enfría. Por aquí y allá, las hojas rojas de los arces resplandecen.

Se sientan en un peñasco que domina todo el valle. Al otro lado del lago y detrás de las montañas Adirondacks, se está poniendo el sol. El cielo se salpica de rojo y dorado y morado. Se parece al cuadro de papá *Tres días alegres en Nueva York*.

Entonces aparecen una o dos estrellas.

Por un instante, este parece el lugar más hermoso de la tierra.

—Gracias —susurra la mamá de Miguel, como si hubieran concertado la puesta de sol justo para su cumpleaños.

—Muchísimas gracias —agrega tía Lola, inclinando la cabeza en dirección a los brillantes rayos de luz. La belleza del mundo es un don diario. Lo único que hay que hacer, tía Lola siempre les recuerda, es tender la mano y recibirlo.

—Ahora, en cuanto a tu último regalo —le dice tía Lola a su sobrina—. ¿Recuerdas cómo cuando eras chiquita siempre te contaba un cuento especial en tu cumpleaños?

La mamá de los niños asiente, como si volviera a ser esa niñita.

—Ha pasado mucho tiempo —dice, con una mirada lejana.

—Mucho tiempo —concede tía Lola—. Hoy te voy a contar ese mismo cuento, pero en inglés.

—¡Ay, qué bueno! —dice mamá y le da un beso a su tía—. Para mí ha sido tan importante, tía Lola, que hayas venido a Vermont y hayas aprendido inglés, para seguir en contacto con nosotros. Y es tan importante —prosigue, dándoles también un beso a Miguel y a Juanita— que ustedes escuchen las historias de tía Lola, para que siempre sigan en contacto con su pasado.

—Hablando del pasado . . . —dice tía Lola, y enseguida se interna en la historia. El sol se hunde tras las montañas y se levanta un viento fresco.

La brisa sopla suavemente a través de los árboles oscurecidos. Las hojas hacen un *sh-sh-sh* como silenciando a una ruidosa multitud.

Quizá no lo crean, comienza tía Lola, *pero había una vez que el mundo entero era tan cálido como en verano.*

Las flores se abrían y los pájaros cantaban y el clima era ideal todo el año.

Y nuestra pequeña isla no era la excepción.

—¿Y Vermont? —Juanita quiere saber.

—Y Vermont no era la excepción —continúa tía Lola.

Pero la gente, por ser como es, creyó que las cosas serían mejores en otro lugar.

¿Quizá más al norte el verano duraba más? ¿Quizá el sol brillaba más al sur? ¿Quizá los pájaros cantaban canciones más bellas en otro lugar?

Así que salieron a buscar otros lugares para ver si se estaban perdiendo de algo.

Miguel levanta la vista al cielo estrellado. *Si veo una estrella fugaz . . .* Comienza con su viejo juego de los deseos. Pero es inútil. Hay cosas, como el divorcio de sus papás, que sencillamente tiene que aprender a aceptar.

Se pregunta si la vida será mejor en otros planetas, en otras estrellas. Lo que ha dicho tía Lola acerca de la gente, también es cierto de sí mismo. Cuando está en Nueva York con papá, extraña a mamá y a sus amigos nuevos. Pero cuando regresa a Vermont, suspira por estar con papá y sus viejos amigos. Es difícil saber dónde se encuentra el verdadero hogar.

¿Quizá sería mejor vivir en otro planeta y ser otro niño?

La voz de tía Lola lo trae de vuelta a la Tierra y a la historia.

La gente andaba de un lado a otro sobre Mamá Tierra. Ningún lugar era tan maravilloso como imaginaban que sería, así que seguían su peregrinar.

Algunas de estas personas llegaron a una isla en medio de un mar azul y tibio.

Aquí está mejor que donde estábamos antes —dijeron, y decidieron quedarse.

¿Así que ése era su hogar? se pregunta Juanita. Ella misma ya no sabe exactamente de dónde es. Tanto mami como papi son de la República Dominicana. Ella nació en Nueva York y vivió allí toda la vida hasta hace ocho meses, cuando se mudaron a Vermont. ¿Eso quiere decir que ahora es de Vermont?

En casa, sus muñecas duermen en las cajas que papi ha recortado y pintado para convertirlas en elaboradas cunas. Juanita las pone siempre en el mismo lugar. Cuando mami o tía Lola las cambian de lugar, Juanita se incomoda. Sus muñecas se sentirían perdidas si despertaran y se encontraran en un lugar distinto, intenta explicar. «¿Así es como te sientes, amorcito?» le pregunta su mamá, acariciándole la cara con ternura. Como mamá es psicóloga, Juanita tiene que tener cuidado con lo que dice acerca de sus muñecas, pues mamá siempre piensa que en realidad está hablando de sí misma.

Pero en este caso, mamá tiene razón. Al igual que sus muñecas, Juanita se siente perdida cuando piensa en todos los lugares de donde es.

Quizá nunca sabrá realmente, *realmente*, dónde está su verdadero hogar.

Tía Lola continúa su historia, su voz como unas cálidas olas de sonido chapoteando contra sus oídos.

Corrió la noticia de que había un lugar donde la gente sí se quedaba.

Ese debe ser el mejor lugar, pensaron todos, de otra manera ¿por qué querría alguien quedarse allí?

Entonces todos comenzaron a establecerse allí —todo el mundo— y era una isla muy pequeña.

Muy pronto la isla comenzó a quejarse:

—¡Ya no puedo mantener a toda esta gente! —sollozó—. Ayúdame, Papá Cielo. Ayúdenme, Hermano Sol, Hermano Viento, Amiga Nube.

Así que Papá Cielo se aclaró la garganta y echó rayos y truenos. Hermano Sol envió a la tierra un calor abrasador. Amiga Nube envió torrentes de lluvia. Hermano Viento sopló sobre el mar y lanzó hacia la costa unas olas gigantes, que destrozaron las casas.

Tan pronto como amainó la lluvia y se calmó el mar y brilló el sol, la gente comenzó a regresar a sus lugares de origen.

Reinaba de nuevo la tranquilidad en la isla. Los pájaros comenzaron a cantar las canciones más bellas. Las flores crecieron, brillantes y altas. Había tanta paz como antes de que llegaran los primeros pobladores.

A medida que escucha la historia, la mamá de Miguel y Juanita se vuelve a cada instante más y más joven.

Revive sus cumpleaños del pasado, cuando era una niñita en la República Dominicana y tía Lola le contaba esta historia. La pequeña Linda se sentía tan orgullosa de que una isla tan hermosa fuera su hogar, donde los pájaros cantaban las más bellas canciones y las casas eran moradas y rosadas y amarillas y azul turquesa, como para hacerle juego a las muchas flores que se abrían durante todo el año.

De pronto, siente el aire frío de la noche a su alrededor. Han pasado años y años. Ahora es la madre de una niñita no mucho mayor que ella cuando oyó la historia por primera vez. La madre de un niño no mucho menor que ella cuando llegó a este país. Rodea a los niños con los brazos y los estrecha contra su cuerpo.

La voz de tía Lola, que prosigue con su historia, se hilvana a través de los pensamientos de los tres.

Las personas regresaron a sus lugares de origen. Nuevamente eran felices. Sus propios hogares no estaban tan mal, después de todo.

Pero después de uno o dos o tres días, comenzaron a dudar. Comenzaron a pensar en volver al último lugar donde habían estado.

Y entonces, una noche en que todos estaban suspendidos entre sueños, Mamá Tierra y Papá Cielo y Hermano Sol y Hermano Viento y Amiga Nube tuvieron una reunión secreta.

—Los humanos siempre serán humanos —les recordó

Mamá Tierra. Se le ocurrió un plan—: ¿Por qué no nos aseguramos de que en todas partes haya algo bueno y algo que no funcione tan bien? Así la gente se dará cuenta de que todo tiene un lado bueno y otro no tan bueno.

—Gran idea, Mamá Tierra —dijo Papá Cielo y mostró su sonrisa de estrellas.

Así que hicieron una lista de las cosas no tan buenas que podían suceder. Incluyeron los terremotos y los monzones, las tormentas de nieve y las olas de calor, los volcanes y las granizadas horribles y las lluvias torrenciales, los inviernos sin fin, las temporadas cenagosas y los veranos hirvientes como ollas al fuego.

Después todos los lugares de la Tierra tuvieron que escoger su propio mal tiempo.

Ya que la isla había trabajado tan duro para mantener a tanta gente, sólo a ella se le permitió conservar su clima ideal de verano durante todo el año. Pero era una isla muy pequeña, no podía tener tanta suerte para ella sola. Así que ofreció compartir ese don con las otras islas de aquella región del mundo.

Pero, sólo en caso de que toda la gente quisiera mudarse de nuevo a aquella parte, las islas afortunadas decidieron:

—Que cada una de nosotras tome un poco de mal

tiempo. Que haya unos cuantos aguaceros cada año y que caigan unos copos de nieve en nuestras cumbres más altas, y que un volcán haga erupción de vez en cuando, y que haya un terremoto ocasional o un ciclón o un huracán. De esa manera, la gente vendrá de vacaciones, pero no tendrá la tentación de quedarse.

De pronto, tía Lola se queda callada. Está recordando su isla amada. Aun con sus temblores aislados y sus ciclones terribles, es el lugar que más quiere en el mundo. No importa lo lejos que viaje o cuánto tiempo esté fuera, siempre querrá volver a su hogar para a ver volar a las cotorras salvajes y ver el vaivén de las palmeras.

A menudo, cuando anochece y las luces de las casas lejanas se encienden y parpadean, tía Lola mira al cielo y le pide un deseo a una estrella de Vermont.

¡Antes de que acabe el año, que pueda volver a mi isla natal!

—¿Tía Lola? —le pregunta su sobrina—. ¿Qué pasó con mi historia de cumpleaños?

—Estaba tomando un descansillo —explica tía Lola—. Hay un buen trecho que recorrer del español al inglés, de la República Dominicana a Vermont.

Respira hondo varias veces antes de continuar.

* * *

—¿En qué me quedé? —pregunta tía Lola. Su voz está llena de energía otra vez.

—Estabas diciendo que cada isla había tomado un poquito de mal tiempo —dice Miguel—, para que la gente fuera allí de vacaciones, pero no tuviera la tentación de quedarse.

—Ah, sí —asiente tía Lola—. *No tuvieran la tentación de quedarse. . . .*

De modo que cuando hace frío en otros lugares, —continúa tía Lola—, la gente de todas partes acude en masa a las islas del Caribe de vacaciones. Y mientras están allí, hay algún temblor, o el sol se esconde detrás de una nube, o llueve un día entero, o un volcán lanza una bocanda de humo hacia el cielo.

Y aunque el visitante esté relajado y cómodo, pensará, esto es muy agradable, pero ya tengo ganas de volver a mi casa.

—¿Es cierto lo que cuenta esa historia? —Juanita quiere saber. Le alegra que al final todos se sientan bien en su propia casa.

—Todas las historias buenas son ciertas —le recuerda tía Lola—, pero sobre todo ésta, porque la inventé para el cumpleaños de tu mamá, cuando ella era una niñita como tú.

—Y tú, tía Lola, ¿echas de menos la isla? —pregunta Miguel—. ¿Quieres volver a casa?

—Claro que echo de menos la isla —dice tía Lola—. Pero no me perdería de estar aquí con todos ustedes.

Se sientan en silencio en el peñasco, mirando las luces del pueblito abajo. De pronto, Miguel sabe que es feliz allí, sentado en el planeta Tierra, en el lugar preferido de su mamá, escuchando la historia de su tía. Junto a él, Juanita piensa que el sitio que realmente, *realmente* es su hogar está aquí, junto a su hermano, su mamá y su tía.

También mami piensa en lo afortunada que es. Aunque ya no vive en una hermosa isla junto a su numerosa familia, ha encontrado un nuevo hogar con sus hijos y su tía preferida, rodeados de una familia cariñosa de amigos en Vermont.

—Sí, de verdad, así es—dice tía Lola—. El verdadero hogar está donde uno tiene a los suyos. ¡Y ese siempre es el mejor lugar!

Se recuesta en la roca y mira al cielo. Esta noche no hace falta pedir un deseo.

El sol se ha puesto hace un buen rato cuando dejan el peñasco y se dirigen al carro. Los grillos han comenzado a cantar. En la lejanía ladra un perro, o quizá un coyote.

A medida que el carro serpentea por la carretera de

la montaña, Miguel y Juanita, en el asiento trasero, tratan de mantenerse despiertos. Quieren ver el destello de las primeras luces de las casas al entrar al pueblo. En el asiento delantero, su tía y su mamá conversan.

—Quizá podríamos ir todos este invierno —dice mami—. Sería bueno que los muchachos conocieran a la familia y aprendieran más sobre la isla.

—Tengo una buena idea —dice tía Lola, bajando la voz.

Ahora que Miguel y Juanita han aprendido tanto español, tía Lola ya no puede simplemente hablar en español cuando no quiere que entiendan lo que dice. Al asiento trasero llegan unos susurros vagos, rumores de la sorpresa nueva que tía Lola prepara para la familia.

¿Qué será?, se preguntan Miguel y Juanita. Quieren inclinarse hacia adelante y escuchar a escondidas, pero cada vez sienten el cuerpo más y más pesado . . . están cayendo en un sueño cada vez más profundo . . . sueñan con papá, que pinta carpas blancas en el cielo . . . con mamá y tía Lola, que vuelan como cotorras hacia el sur, a una isla llena de casas moradas y palmeras que se mecen con la brisa. . . .

Más adelante, el carro disminuye la velocidad y se detiene, una puerta se abre y otra se cierra. Unas manos los sacuden suavemente para despertarlos y unas voces dulces, familiares, los llaman en español:

—Miguel, Juanita, despiértense. Ya llegamos a casa.

Capítulo diez

La ñapa

Miguel mira desde su asiento en el avión, junto a la ventanilla. La República Dominicana se extiende bajo sus ojos como una enorme alfombra verde esmeralda, bordeada de playas de arena blanca como la nieve. Hace algunas horas, la tierra era un borrón gris. Cuesta creer que es diciembre, y que en dos días será Navidad.

Junto a él, en el asiento del medio, tía Lola les da unos consejos de última hora sobre las costumbres de la isla.

—Los americanos saludan de mano —dice—, pero los dominicanos preferimos saludarnos con besos.

En el asiento del pasillo, Juanita escucha la lección atentamente.

—¿Por eso siempre nos das besos, tía Lola?

—¿Es que caso les doy tantos besos? —les pregunta ella.

Miguel asiente con la cabeza, para que tía Lola no le

pregunte si está prestando atención. Observa los exube-
rantes campos verdes acercarse más y más. Los árboles diminutos se vuelven de tamaño natural y las figuras que
parecían hormigas se transforman en gente de verdad.

En cuanto a los besos de tía Lola, Juanita tiene razón.
Tía Lola les da un beso cuando llegan a casa, así como
cuando salen. Les da un beso al acostarse por la noche y
cuando se levantan por la mañana. Si quiere darles las
gracias o decirles que lo siente o felicitarlos por ayudarle
a limpiar la casa, también les da un beso. De pronto, Miguel se pone nervioso. Está a punto de encontrar una isla
llena de gente a la que le gusta dar besos tanto como a
su tía.

—Si van al mercado —dice tía Lola—, y compran
una docena de mangos, no olviden pedir su ñapa.

—¿Y eso qué es? —pregunta Juanita.

—Una ñapa es un poquitico más que te dan al final.
Si compras una funda de naranjas y pides tu ñapa, te dan
una naranja de más o tal vez una guayaba o un cajuil o
un caramelo. Si comes flan y pides tu ñapa, te dan un
poco más. Digamos que una familia tiene siete hijos y
luego nace otro. A ese último lo llaman la ñapa.

—¿Así que yo soy la ñapa de la familia? —pregunta
Juanita. Después de todo, es la única hija que tuvieron
sus padres después de Miguel.

—No sé si eso funciona cuando sólo hay dos —dice

tía Lola y pone ceño—. ¿Tú que crees, Linda? —le pregunta a su sobrina.

La mamá de los niños, al otro lado del pasillo, levanta la vista de su novela.

—Creo que todos deben abrocharse los cinturones de seguridad. Vamos a aterrizar.

El avión toca la pista con una ligera sacudida, como si tuviera hipo. Los pasajeros aplauden. Al mirar por la ventana, Miguel ve que hay varios hombres sentados sobre los carritos del equipaje, aguardando la llegada del avión. Detrás de la alambrada, hay un anciano sentado en un burro, con un saco de lo que podrían ser mangos. Es como ver lo moderno y lo antiguo a la vez. Es el primer viaje de Miguel a la isla de donde vienen sus padres. ¿Cómo será?

De pronto, piensa que debería haberle puesto más atención a las lecciones de tía Lola durante el recorrido desde Vermont.

Cuando entran a la terminal, un conjunto musical empieza a tocar un merengue. Todo el mundo se pone a bailar, entre ellos tía Lola y mami y Juanita. Miguel se alegra de que ninguno de sus amigos viva aquí, así que no tiene por qué avergonzarse.

Se paran en una larga cola a esperar su turno. Algunas de las personas tienen pasaportes rojos. Los suyos son azules.

—¿Por qué? —le pregunta Juanita a mamá.

—Porque somos ciudadanos de Estados Unidos. Los dominicanos tienen pasaportes rojos.

Juanita se siente orgullosa de tener un pasaporte de Estados Unidos, aunque le gustaría que Estados Unidos hubieran escogido el rojo, su color preferido.

El agente de la cabina de vidrio revisa sus pasaportes, y mira a Miguel y luego a Juanita.

—No parecen americanos —le dice a su mamá.

—¡Sí somos americanos! —Miguel suelta de sopetón. Se pregunta qué lo hace ser un verdadero americano. ¿Haber nacido en Nueva York y no en la República Dominicana como sus papás? ¿Hablar en inglés? ¿Que su equipo preferido de béisbol sean los Yanquis? ¿Que todavía le gusten más los *hot dogs* que el arroz con habichuelas?

En realidad, cuando Miguel mira a su alrededor, se parece más a los dominicanos de pasaportes rojos que a sus compañeros de escuela de Vermont.

Miguel recuerda parte de la lección que tía Lola les ha dado en el avión. Quizá la manera de probar que es americano es actuar como tal. Le sonríe al agente, luego se para de puntillas para darle un apretón de manos.

* * *

Cuando aparecen sus maletas, seis hombres se apresuran a ayudarlos, aun cuando todas las maletas tienen ruedas.

—No, gracias —dice Miguel varias veces. Pero mientras le explica lo de las ruedas a uno de los hombres, otro llega y se pone la maleta de Miguel en la cabeza como si fuera una canasta de frutas.

—¡Oiga! —grita Miguel—. Esa maleta es mía.

—¡*No problem*! —responde en inglés el hombre, mirando por encima del hombro, mientras los guía por la terminal.

—Déjalo —dice mamá. Le explica—: La vida aquí es muy dura. Es bueno ayudar a alguien a ganarse sus chelitos.

Pero aunque la vida sea dura, la gente parece disfrutar de ella. En la terminal principal, todos conversan con todos. No se sabe dónde termina una familia y otra comienza. Un grupo de muchachitas con vestidos llenos de vuelos y muchachos con trajes que los hacen ver como meseros diminutos comen pastelitos de una bolsa grasosa de papel. Hay una valla publicitaria de los Tres Reyes Magos, cuyas piezas cambian de pronto, y aparece un hombre con sombrero de vaquero, fumando un cigarrillo.

—Feliz Navidad —todos se desean entre sí.

Pero ¿cómo puede ser Navidad, se pregunta Miguel, *cuando el día está tan soleado y caluroso como un día de pleno verano en Vermont?*

* * *

—¡Ahí están! —exclama tía Lola.

Miguel ve a un montón de parientes, en la acera frente a la terminal. Le sorprende que parezcan tan normales. En parte esperaba estrechar la mano de tíos de seis dedos y encontrar tías ciguapas con aparatos ortopédicos en los pies. Pero sus parientes tienen la nariz, la boca, los ojos, los oídos y el color de piel de tía Lola y mami, sólo que en combinaciones ligeramente distintas, de modo que cada uno resulta ser una persona diferente.

Mientras tía Lola y mami se abalanzan a besar a sus sobrinos y primos, Miguel hace guardia junto a las maletas que los cargadores han apilado a su lado. Algunas de ellas están repletas de regalos para los primos. No hay nada para él ni para Juanita. Mamá ya les ha explicado que el viaje será su regalo de Navidad. En Vermont, a Miguel le pareció una gran idea. Todos sus amigos lo envidiaban: «¡Podrás ir a la playa! ¡Podrás bucear y pescar! ¡Quizá hasta llegues a conocer a Sammy Sosa o a Pedro Martínez!».

Pero ahora que está solo con Juanita, mirando a esos extraños que se abrazan y se besan, Miguel se pregunta si este viaje será un buen regalo de Navidad. Papá está en Nueva York. Ninguno de sus amigos está aquí. No puede pedir un juego de vídeo ni un guante de béisbol nuevos, ya que este viaje ha costado mucho dinero.

—Vengan a saludar —los llama tía Lola.

—Hola, hola, hola —saluda Miguel una y otra vez. En el lapso de unos breves minutos, ha adquirido una docena de primos, cuatro tías, siete tíos. Su familia se ha convertido en una familia kilométrica. ¿Cómo va a recordar tantos nombres?

Un niño como de su edad se le acerca. Trae puesta una gorra de béisbol azul con una insignia rara. Miguel recuerda que mamá le pidio que escogiera un regalo para un primo a quien le encanta jugar béisbol y habla algo de inglés.

—Me llamo Ángel —dice—. ¿Juegas al béisbol?

Miguel asiente con la cabeza y sonríe. Todo va mejorando. Con tantos primos, habrá algunos que le caigan bien. Y por cierto, hay primos suficientes para formar dos equipos y aún sobrarían algunos para verlos jugar.

Todo es extraño e interesante. Van en carro a la ciudad y pasan por fila tras fila de puestos de madera del mercado. En un puesto, se vende una pila de cocos. En otro, pedazos de carne y largas tiras de cangrejos que se retuercen colgados del techo. Con la brisa, entran flotando en el carro los olores a comida y a especias y a caluroso aire marino y a vegetación verde. El mar es del mismo tono azul turquesa del cielo, las casas están pintadas de amarillo y turquesa y morado y verde menta y rosado, y las palmeras son como fuentes de agua sobre troncos altos y esbeltos.

En los semáforos hay muchachos flacos vestidos con harapos que se acercan con un trapo para limpiar los cristales del carro. Miguel no puede quitarles la vista de encima.

—¿Es que no tienen padres? —le pregunta a mamá.

—Muchos de ellos no —suspira mami—. Viven en la calle.

Miguel ha visto gente de la calle en Nueva York, y siempre siente tristeza o miedo al pensar que alguien no tenga hogar. Pero todas esas personas eran adultas. Estos muchachos son de su edad. De pronto se siente muy afortunado de ir en el asiento trasero de un Chevy viejo, apretujado entre dos primos con mamá, su hermana menor y su tía que hablan todas a la vez.

En casa de su tía, se sientan a disfrutar del almuerzo, que es la comida más grande del día. Miguel nunca ha visto tantos platos de comidas distintas. Cada vez que acaba de comer aparece en su plato más arroz con habichuelas, puerco asado y ensalada de aguacates... ¡es como una ñapa sin fin! La comida dura más de dos horas, los tíos y las tías comen y cuentan historias, y luego comen un poco más. Cuando el almuerzo por fin termina, se ponen de pie, se dan besos de despedida y desaparecen.

—¿Adónde se fue todo el mundo? —le pregunta Miguel a tía Lola.

—La siesta —explica ella.

Sólo los bebés duermen siestas, piensa Miguel.

—¿Cómo puede darles sueño si no es hora de irse a dormir? —pregunta Juanita.

—Tenemos otra noción del tiempo —explica tía Lola—. Si alguien te cita para las cuatro, quiere decir entre las cuatro y las cinco. No vivimos de acuerdo al reloj. Recuerdan la historia que les conté.... Vivimos de acuerdo al sol y al mar, y nos encantan las sorpresas. ¿No se han dado cuenta? —y les pica un ojo.

Al mirar su cara radiante y sus ojos bailarines, Miguel piensa, *¡es lo más feliz que he visto a tía Lola en mucho tiempo!*

Miguel trata de descansar en la habitación que comparte con Ángel y sus hermanos. Ha empezado a temer que tía Lola esté planeando quedarse en la isla cuando sea la hora de regresar a Vermont. Parece muy contenta aquí: habla español todo el tiempo, intercambia historias, cocina con ingredientes que no se encuentra fácilmente en los Estados Unidos, encaja de maravilla con los demás. Pero si se queda, Miguel, Juanita y mamá no tendrán quien les cuente historias maravillosas. No habrá nadie que les prepare frío-fríos en el verano y nadie que les cosa sus uniformes de béisbol. No habrá nadie que les dé sorpresas todo el tiempo.

¡Este viaje ha sido una mala idea! Ahora que tía Lola está de vuelta en su amada isla, no habrá manera de hacer que regrese a Vermont.

A su alrededor, Miguel oye a sus primos roncar, disfrutando de la siesta. Él nunca será capaz de dormir al mediodía . . . sobre todo ahora que está preocupado por tía Lola.

Mientras está allí acostado, escucha el batir del mar no muy lejos de allí. Parece cantarle villancicos.

—Navidad, Navidad —entonan las olas, y Miguel se deja llevar. . . .

La noche siguiente, la familia entera se reúne para la Nochebuena. Mami y tía Lola apilan los regalos que trajeron bajo un arbolito de plástico en el patio. Más tarde, Santa Claus vendrá del Polo Norte para repartirlos entre los primos.

—¿Cuándo va a llegar? ¿Cuándo va a llegar? —los primos más pequeños preguntan sin cesar.

—Cuando ustedes acaben de cenar —responde tía Lola. Esa noche, para la ocasión, se ha puesto argollas de oro en las orejas y un vestido rojo encendido. Tiene el lunar otra vez en la mejilla derecha. A veces tía Lola se olvida y el lunar aparece en la mejilla izquierda o junto a la boca. A veces no aparece del todo.

Llegan más y más parientes, y hay más besos y abrazos. Varias primas recitan poemas y todos aplauden. Un tío llama a Miguel aparte para mostrarle el pequeño espolón de hueso que tiene junto al dedo meñique.

—¡Mi sexto dedo! —le dice con orgullo.

Las tías chismorrean, y exclaman sobre lo mucho que ha crecido la pequeña Linda. Miguel se pregunta si alguna vez irán a servir la cena. No es que tenga hambre, pero quiere que termine la cena para que puedan repartir los regalos. Se le ha ocurrido una manera de obtener un regalo más de Santa Claus.

—¿Cuándo vamos a cenar, tía? —le pregunta a la mamá de Ángel y resulta que es lo más halagador que podría habérsele ocurrido.

—Es una dicha tener a este niño en casa —le dice su tía a la mamá de Miguel—: Tiene buen apetito. Es educado. Saluda de mano como un inglés y dice «perdón» cuando interrumpe —. La mamá de Ángel mira a su hijo como diciendo, *deberías aprender algo de tu primo perfecto.*

Miguel mira a mamá, que le da una sonrisa de complicidad como diciendo, *tú y yo sabemos cómo es la realidad.* Él también le sonríe.

*   *   *

Terminan de comer y quitan la mesa. Los tíos apartan un poco sus sillas de la mesa y prenden sus cigarros. Entonces suena el timbre.

Frente a ellos está Santa Claus. Es distinto al Santa Claus americano: mucho más delgado, de piel morena clara, de ojos oscuros y vivarachos. Pero también tiene una barba blanca y un traje rojo encendido con un ancho cinturón negro y botas relucientes.

—¡Santicló! ¡Santicló! —los primos más pequeños gritan y se acercan para decirle qué quieren.

Cuando le toca a Ángel, éste desenrolla una lista del bolsillo de la camisa y comienza a leer:

—Un bate, un guante, una pelota de. . . .

—Con eso basta, Ángel —exclama su mamá—. Recuerda. Sé educado. Pide sólo una cosa.

¡De la funda de Santa Claus salen los mismísimos bate, guante y pelota que Miguel escogió para su primo en el Wal-Mart de Vermont!

Cuando todos los primos han recibido sus regalos, Miguel da un paso al frente.

—Me toca a mí —dice.

—Anda, vamos, hijo mío tan maravilloso y educado —exclama mamá—: Recuerda que tu regalo y el de Juanita es este viaje.

Santa Claus lo mira con esos ojos oscuros y bailarines.

—Sí, Miguel—dice, tú ya tienes tu regalo.

—Pero lo recibí en Vermont, y ahora estamos en la República Dominicana, y tía Lola dice que aquí uno puede pedir la ñapa, un poquitico más, después de lo que le han dado.

Santa Claus se queda pensativo.

—Tu tía tiene razón. Te debo tu ñapa, querido niño.

Miguel sonríe de oreja a oreja. ¡Toda la noche ha estado planeado esta broma para Santa Claus!

Pero Santa Claus lo ha tomado muy en serio.

—Entonces, dime, ¿qué es lo que quieres?

Ahora que tiene la oportunidad, a Miguel no se le ocurre qué pedir. Realmente tiene bastantes juegos de vídeo y su guante usado todavía está bueno. Las vacaciones están resultando divertidas. Pasado mañana, él y Juanita volarán a Nueva York, para pasar el resto de la semana con papá y sus viejos amigos. La noche de Fin de Año darán un paseo especial para ver todos las vitrinas que papi ha decorado para la Navidad.

Cuando Santa Claus se acerca más, ¡Miguel alcanza a ver un destello de oro en las orejas perforadas de Santa Claus! Ahora que lo piensa, hay algo más que realmente desea.

—Gracias, Santa Claus, por este gran viaje —comienza—. Sólo quiero una cosita más: que cuando se acabe el viaje, tía Lola regrese a vivir con nosotros.

Santa Claus le pica un ojo.

—Veré qué puedo hacer.

Miguel se da la vuelta para irse, pero Santa Claus lo agarra del brazo.

—Se te olvida algo —le recuerda.

—¡Feliz Navidad! —dice Miguel. *¡Merry Christmas!*

Después se pone de puntillas y le da un beso justo en el lunar.

Unas palabras sobre el español

Al leer sobre la tía Lola, se preguntarán qué clase de español habla ella. Quizá ustedes nunca antes hayan oído hablar de un «burén», de una «ciguapa» o de una poción llamada «guayuyo». Y es posible también que hace tiempo hayan aprendido que la manera correcta de decir «mi hijo» es ésta y no «mi'jo».

Antes que todo, quiero asegurarles que, en efecto, la tía Lola sí habla español. Pero, que así como hay muchas maneras de hablar el inglés, la gente del mundo de habla hispana también tiene muchas formas de hablar el español. Los españoles se conocen por su ceceo y se sienten orgullosos de la cualidad «pura» de su idioma. En cambio a nosotros, los caribeños, se nos conoce porque nos comemos las «eses» y porque acostumbramos a elidir las frases de dos palabras de modo que éstas quedan sonando como una sola palabra («mi'jo» por «mi hijo»). Y también porque tomamos prestadas palabras del inglés, como por ejemplo, *sweater* que se convierte en «suéter» y *mop* que se vuelve «mope» (utensilio doméstico también conocido como «trapeador», «fregona» o «mopa» en otros países). En la República Dominicana, nosotros tenemos nuestras propias palabras para designar ciertas cosas. A los cometas los llamamos «chichiguas»; a las bananas, «guineos»; y a los autobuses, «guaguas».

Así que si alguna vez tienen dudas sobre el español que habla la tía Lola, recuerden que ella tiene su propio estilo dominicano de hablar.

Para aquellos de ustedes cuya lengua no es el inglés, he procurado, casi siempre, traducir cada frase o palabra antes o después del inglés, de modo que, al leer sobre la tía Lola, ustedes puedan aprender inglés al mismo tiempo que ella. La comunidad dominicana en Nueva York y en otras partes de Estados Unidos, así como en la isla, ha adoptado muchas palabras de la cultura estadounidense, tales como *pancakes* (panqueques), *subway* (metro) y *hot dog* (perrito caliente), que se usan comúnmente en la vida diaria aun cuando tienen su equivalente en español. Por esa razón, en el libro hemos dejado varias palabras en inglés, para reflejar con mayor precisión este mundo bilingüe y bicultural.

Le debo un agradecimiento muy especial a mi prima Lyn, de la República Dominicana. Mientras escribía el libro, con frecuencia ella me ayudaba a cerciorarme de que este era el uso correcto que se le daba a tal o cual palabra en español. Aunque originalmente soy de la República Dominicana y vine a vivir a los Estados Unidos cuando era una niña, he «vivido» muchos, pero muchos años en inglés. Así es que, de vez en cuando, se me olvida cómo se dice alguna que otra palabra en español. Algo que nunca se me ha olvidado, sin embargo, es cómo dar las gracias a todas aquellas personas tan queridas que me han ayudado a escribir todos mis libros. ¡Gracias, Lyn!

—*Julia Alvarez, con la participación de Liliana Valenzuela*